JN069868

岡山の文学

令和二年度岡山県文学選奨作品集

はじめに

岡山県文学選奨は、文芸創作活動の普及振興を図るため、昭和四十一年に創設されたもので、今回で五十五回を迎えました。審査員をはじめ関係の皆さまには、作品の募集から選考、作品集の発刊に至るまで、格別のご理解とご協力を賜り、心から感謝申し上げます。

この文学選奨は、これまでに二万八千人を超える方々に応募いただいており、文芸を志す県民の皆さまにはひとつの目標になっております。今回も、小説A、小説B、随筆、現代詩、短歌、俳句、川柳、童話・児童文学の八部門に、幅広い年齢層の方々から四百三十二点の応募をいただきました。日々の暮らしや身近な題材を描き出したものや、現代社会の抱える問題をテーマにしたものなど、いずれの作品も、豊かな感性を多彩な表現力でとらえた力作ぞろいでした。

本書は、これらの中から選ばれた入選二点、佳作七点、準佳作三十三点の合計四十二点の作品を収録したものです。

文化芸術には、心を豊かにし、暮らしに潤いや生きる喜びをもたらしてくれると同時に、地域を元気づける力があります。新型コロナウイルス感染症がもたらした社会の変化に対応していくことが求められている中、県では、引き続きすべての県民が明るい笑顔で暮らす「生き活き岡山」の実現に向けて、四月からスタートする「第三次晴れの国おかやま生き活きプラン」の下、文化の薫りあふれる魅力ある地域づくりに一層力を注いでまいりたいと存じます。

この「岡山の文学」につきましても、県民の文芸作品発表の場としてさらに充実を図り、地域文化発展の一翼を担いたいと考えております。

本書を、多くの県民の皆さまがご愛読くださいますよう念願し、発刊に当たってのごあいさつといたします。

令和三年三月

岡山県知事　**伊原木　隆　太**

岡山の文学・目　次

目次

短歌

俳句

川柳

装幀　高原　洋一

随筆

■入　選

ぶどうの村

早川　浩美

「有給取ったので、久しぶりにお茶しませんか」

娘からメールが届いた。お茶も久しぶりだけれどメールも久しぶりだ。

何事かあれば連絡してくるはず。何も言ってこないのは何事もなく元気に過ごしているということと、自分に言い聞かせ、こちらからのメールも控えるようにしている。

主婦として仕事と家事を両立しながらの毎日はどれほど大変か。心配は尽きない。けれどいちいちそれを電話だのメールだのしていては、一人前の主婦として頑張っている娘のプライドを傷つけかねない。娘の邪魔にしかならないような気がするのだ。

実はしゃべりたくてうずうずしていた。

夫に「あのなぁ」と話しかけると、大抵、聞いてくれるより先に自分の話にもっていく。

日ごろ話を聞いてくれる人のないところ、聞いてくれる娘はありがたい。

話したいのは坪田譲治に関すること。ふとしたことで面白いことを見つけた。聞いてほしいけれど、話す人を選ぶ。「坪田譲治ってだれ」と言われたのでは話にならないから。

坪田譲治の話は娘に限る。

十数年前の学生時代、坪田譲治の作品に触れ、学び、その面白さを教えてくれたのは、何を隠そう、娘その人なのだ。

数日後、約束した時間より五分早く娘は、にこにことコーヒーハウスに現れた。

「コーヒーとケーキもたのんじゃおうかな。母さんはどうする。コーヒーもいろいろあるよ」

「うーん、迷っちゃうね」

久しぶりに会った娘。前に会った時より笑顔にも余裕がある。きっと仕事も家庭もうまくいっているのだろう。顔を見て、ほんのいくつか言葉を交わしただけなのにもう「久しぶり」感はない。心が溶けていくような、まろやかで心地よいものが体の中に広がっていく。

あんなに意気込んでいた坪田譲治の話も忘れている。

それでも、はっと思い出した。はっと思い出したままを言葉にした。だから、いきなり坪田譲治の話に入った。

しかし、どんなに唐突な話でも娘は許してくれる。ありがたい。

「坪田譲治の『きつねとぶどう』って話知ってる?」

「母さんきつねが子ぎつねにぶどうを取りに行って、帰る途中、猟師が巣穴に近づいたのに気がついて、自分が身代わりになってしまう。逃げた子ぎつねは無事大きくなる。そして母さんきつねが残したぶどうが木になって、実をつけたのを食べてお母さんの愛を知るって話よな」

「そうそう。それそれ」

「坪田譲治の代表作の一つ。ええ話よなぁ」

「うん。今でも小学校の教科書に載ってるよ」

『きつねとぶどう』は、国語や道徳の教科書に採用され、私たちが子どもの頃読んだように、今も子どもたちがこの作品に触れている。娘の同級生も、早い人はもう小学生のお母さん。おばあちゃんが読んで、お母さんが読んで、孫が知っているお話ということになる。時代を超えて読み継がれる魅力のある作品。名作だ。

「お話では、母さんきつねがぶどうを取りに行くんじゃけど、そのぶどうって人間が作っとるぶどうなんよな」

「そうなん?」

「じゃって〈ぶどうの村〉に取りに行くんよ。〈村〉よ〈村〉。〈村〉ゆうたら人間の村じゃし、そこの〈ぶどう〉ゆうたら人間が作っとるぶどうじゃろう。取るときには、『すみませんが、ぶどうを一ふさいただきます』って断りをしとるし」

「あ、ほんとに。そうじゃな」

娘も気づかなかったところに気がついたことに気を良くする。

坪田譲治は昭和の文学史に名を残す児童文学者である。

明治二十三年、岡山駅西口からほど近い、石井に生まれた。石井では、小学校をはじめ町ぐるみで坪田譲治の顕彰活動を進めている。岡山駅西口にはその作品の登場人物である「善太と三平」の像があり、生家を案内する立て看板もある。

私は御津に生まれ、御津に住んでいる。実は、御津と坪田譲治には深いご縁がある。

御津金川にある県立御津高校が県立金川高校だった時代、その学校に通っていた父は知っていた。

「金川高校は坪田譲治ゆう、えらい文学者が卒業した学校なんじゃ」と。

町内に一つしかない高校。父の時代、昭和二十年代には町内の多くの子どもがこの学校に通った。そして、文学者坪田譲治が金川高校の卒業生と聞き、皆誇らしく思ったものだと、父は言った。

坪田譲治と御津には不思議なご縁があると思う。坪田譲治は、今の県立図書館のところにあった養忠学校に通っていた。ところが、明治三十六年、養忠学校が御津に移転し、金川中学校になった。移動手段が徒歩か馬かという時代、普通なら通学できないと思うだろう。ところが、そこに津山線の開業が重なり、石井から金川に通うことが可能になった。

さらに、それと前後して、坪田譲治の姉政野が縁あって、金川から加茂川に向かって宇甘(うかい)川を溯ること二里ほどの地区にある紙工(しとり)の天満の伊丹家に嫁いだ。後に、伊丹家は坪田譲治の代表作『風の中の子供』

他、多数の作品のモデルとなっている。

　政野の夫となったのは、医者、伊丹東慶。私の好きな作品の一つ『バケツの中の鯨』では、主人公の少年が医者である父親を自慢して「お父さんの名前は『いたみはるよし』」と語る場面がある。そこからも、坪田譲治がどれほど伊丹家と東慶氏に親しみを持っていたかがうかがわれるのである。

　昭和四十三年に刊行された『坪田譲治全集12巻』の巻末にある年譜には、深いつながりがありながらも、御津や伊丹家についての記載はない。残念でたまらない。

「母さんきつねは、三つの山を越えてぶどうの村に行くよな」

「そうだった」

「紙工の伊丹家って、知っとるよな。ちょっと御津の地図を頭に描いてみて」

「津山線と、旭川と国道五十三号線をなぞったかんじでいいかな」

「いやいや、そうじゃなくて、岡山空港、今は桃太郎空港じゃけど、そこから始まる山を想像してん。山から山を一直線に天満（てんま）と吉尾（よしお）の西の端を結んでみてほしいんよ」

「そんな、山なんかわからんわ」

「そうよなあ。御津は山ばっかりじゃもんなあ。どれがどの山かなんか意識して見んよなあ。わからんわなあ」

　御津は旭川が中央部を南北に流れる。それに注ぐ支流が山を削り出し、できた平地に集落が点在する、山と川の町だ。その支流の中でも一番大きいのが、金川で西から合流する宇甘川。伊丹家のある天満がこの川を金川から二里ばかり溯ったところにあるのは前述の通りである。

　吉尾と天満の伊丹家。ここを地図の上で直線に結ぶと面白いことが見つかった。母さんきつねが、ぶどうの村に行くために越えていくのが三つの山なのだが、伊丹家の前の山から三つの山を越えると吉尾に着くのだ。

「あの伊丹家のあったところから、一つ山越えたら小田、二つ山越えたら母谷（ほおだに）、三つ目越えたら吉尾。これを逆に行くとわかりやすいと思う。吉尾から、一つ山越え母谷。二つ目越えたら小田。牧場のあるところ。三つ山越えたら天満。もう久保観光農園があるあたり」

「坪田譲治は、ぶどうの村のイメージをはじめから吉尾と思って母さんきつねを走らせたんじゃないかなと思ったんだけど、どう思う」

「話が飛躍しすぎ。わけわからんわ」

「わからんかなぁ。吉尾は昔から、御津で一番のぶどうの産地じゃった。そこで生まれ育った私は、子ども時代に『きつねとぶどう』のお話を読んで、うちのマスカットの温室の中に入ってぶどうを取って行く母さんきつねのイメージを持った。物語の最後に、子ぎつねが食べるあまくてみずみずしいぶどうの味は、マスカットオブアレキサンドリアに違いないと、思ったんよ。そもそも、なんでぶどうを子ぎつねに食べさせようとしたん？　他の果物でも野菜でもおいしいものなら他にもあるじゃろ」

「珍しくて、食べたことのないものということでぶどう…？　でも、東京に住んでた坪田譲治は白桃を岡山の果物としてとても自慢してたよ。毎年、夏にはお取り寄せして弟子たちにふるまったっていうのは有名な話で、マスカットじゃなかったよ」

「母さんきつねが、桃をくわえて走ったら、桃、つぶれて、子ぎつねの食べるところないのとちがう。だから桃は、お話には使わないと思う」

「そっかぁ。なんでぶどうなんかなぁ。子ぎつねが食べる実は、母さんきつねの愛の化身なんじゃから重要な役割を持っとるよな」

岡山に温室ぶどうの栽培が導入されたのは明治年間のこと。岡山市栢谷（かいだに）生まれの山内善男と大森熊太郎の功績による。郷土出版社刊『岡山・備前・玉野の歴史』によると、「山内は明治十三年播州葡萄園で福羽逸人から〈マスカットオブアレキサンドリア〉の栽培を学んで帰郷、梨・ブドウ・桃の栽培を始めた」「大森熊太郎は明治十六年に山内とともに播州葡萄園で福羽に学び、温室栽培法を考案した」とある。

明治三十九年刊行『岡山県御津郡史』を見ると、ぶどう栽培について「葡萄は横井野谷両村には、独特の温室葡萄ありて天下にその名顕はれ年次販路の拡張を見、好成績を収めつつあり」とある。

明治政府が国家の一大プロジェクトとして取り組んだぶどう栽培とワイン醸造。その拠点となったのが播州葡萄園であるがわずか六年で閉園に追い込まれた。一方、今もマスカットで日本一の収穫量を誇る岡山。独自の発展を遂げていった。

『きつねとぶどう』が刊行された昭和二十三年、この時代のぶどうとはどんなものだったのか。興味深い記事を見つけた。

二年ほど前の朝日新聞の土曜日の別冊版に毎週掲載されている「サザエさんをさがして」の「ブドウ」の記事だ。一九五〇年八月三十一日に描かれたサザエさんは、こんな話だ。

こっそり冷蔵庫に冷やしてあるブドウを独り占めしようとたくらんだカツオ。しかし、もくろみは発覚し、失敗に終わる。

興味深いのは、「それにしても気になる。この頃手に入るブドウはどんな種類だろう」という記者の一言だ。記者は取材し、「昭和二十年代の主な品種はデラウエア、甲州、キャンベルアーリー、ナイアガラも多かった」と報告している。

一粒食べて、そのおいしさに子ぎつねは驚く。母さんきつねが何時間もかけて三つの山を越えて取りに行ったぶどう。それはこの四種に当てはまるか。

まず、甲州は酸味がはっきりしている。キャンベルアーリーは皮の渋みが果汁と一緒に出てくる。子ぎつねがのどをならして食べるというには疑問が残る。デラウエアとナイアガラは小粒種。母さんきつねが重くてちょっと一休みしなければならないほどの重さのある、そして子ぎつねが「みごとなふさ」と思うほどのものは小粒種をイメージしていたとは考えにくい。

「こんなところにぶどうの木があったかしら」

と子ぎつねはぶどうをすでに知っている。ということは、目の前にある「のどをならして」食べたぶどうは、それまでに見たこともないほど立派で、食べたことのないほどの美味だったということだ。

そう考えると、ここでいうぶどうは一般にまだ出回っていないおいしいぶどうのイメージが作者にあったということではないか。

マスカットオブアレキサンドリア。果物の女王と言われる香り高くあまくてみずみずしいこのぶどうを、作者はイメージしていたのではないか。珍しくてまだどこでも簡単に手に入らないぶどうを、母さんきつねは子ぎつねに食べさせようとした。だから、何時間もかけて三つの山を越えて取りに行ったのだ。

なぜ「ぶどう」だったのか。理由は二つあると思う。まず、作者がそのおいしさに感動を覚えるような経験があったこと。

そして、もう一つの理由は、先行する有島武郎の『一房の葡萄』の影響だと思う。『坪田譲治全集12』中に収められている「有島武郎論」の中で坪田譲治は『一房の葡萄』を絶賛している。

また『児童文学入門』の中で、童話には空想を楽しむものと、人生を学ぶものとがあること、そして、その二つがいっしょになったものが童話として一番よいものという趣旨の持論を述べている。

そこで私は思った。『きつねとぶどう』は有島武郎の『一房の葡萄』を意識し、それに並ぶ、いや、それ以上の作品に仕上げようと試みたのではないかと。

そのためには綿密な設計図が必要だ。文章として書かない部分での詳細なイメージを作る必要がある。作者は伊丹家のある天満を中心に母さんきつねの巣穴とぶどうの村のイメージを作っていったのではないか。おいしいぶどうのイメージ、母さんきつねが行くぶどうの村のイメージ、特にぶどうに関するイメージにはより現実のものが必要だったと考えられるのである。

『岡山県御津郡史』に記載されているマスカットオブアレキサンドリアの産地野谷に隣接するのが吉尾地区だ。昭和六十年発行『御津町史』によると吉尾には「昭和四年に温室栽培が導入された」とある。と、いうことは、昭和二十年代に、このぶどうの美味に坪田譲治が出会っている可能性は高い。

なぜそう考えるかというと、それは、昨年の天満地区で行われた坪田譲治顕彰の集会で聞いた話がもとにある。

先にも述べたように、『坪田譲治全集12』の年譜に、坪田譲治と御津の関わりはほとんど記載がない。しかし、大正十一年の「経済的には安定していたが、社内に種々軋轢もあり」に注目したい。この軋轢（あつれき）は昭和八年、島田製織所を退職するまで続いたようだ。退職後は経済的に苦しく、親戚に借金をしたとのことだ。その困難の時期に頼ったのが姉政野の夫、伊丹東慶氏だったと、この集会で知った。

　東慶氏は医者であり、天満の名士。地元になくてはならない人物だった。その功績を顕彰する碑が天満公会堂の前に今も立っている。

　その東慶氏の所に、盆暮れに、また、珍しいものが手に入ったからと、近所の人が何かしらのものを届けた。その中にぶどうがあったということは想像にやすい。

　天満のある宇甘（うかい）地区。『御津町史』によると、ここにも昭和初期、マスカットの温室があったことが記載されている。再々伊丹家を訪れる坪田譲治を近所の人たちは親しみを込めて「譲治さん」と、呼んでいたそうだ。「譲治さんがこられとんなら譲治さんにもあげてつかあさい」と、言う近所の人もいたのではないか。

　坪田譲治は伊丹家から一キロメートルほど離れたところにある「入野池（いんのいけ）」によく釣りに出かけたそうだ。山の中にあるこの池は後に『風の中の子供』で登場する。

　作品に登場させるほど親しんだ池と山。もしかすると、それは、別の作品でもモデルにしたと考えられないか。子ぎつねと母さんきつねが棲んでいた巣穴をこの池のある山だったとすれば、この次の山を越えたら小田に下りる。そのまま残り二つの山を越えたそこは吉尾。「ぶどうの村」。

「それで母さんは『ぶどうの村』を吉尾と思うんじゃな。でも、温室の中にきつねが入るってできるんかなぁ」

「できるできる。キツネにタヌキ、スズメにカラス。マスカット農家は、獣害に昭和の終わりころになっても頭を悩ませていたんよ」

「そうなんじゃ」

「だから、母さんきつねがぶどうを取ることは当たり前にできることなんじゃ」

「母さんの言う通り、吉尾がぶどうの村のモデルだったらいいね」

「自分が生まれ育った村が、名作の中に生き続けるって、最高だと思う」

「『きつねとぶどう』の像が岡山駅にできたりして」

「西口の善太と三平の像と並んでね。いいなあ、そうなったら」

いつの間にか冷めてしまったコーヒーを一口飲んだ。ふと気づくと娘のケーキのお皿は空っぽ。おいしいうちにおなかに収めたのだな。よかった。それに比べ、私は夢中になってしゃべっていたんだと、照れくさくなった。

「いっぱい聞いてくれてありがとう」

「いえいえ。母さんの坪田譲治ワールドを楽しませてもらったわ」

娘はにこにこ答えた。

胸の中にあった坪田譲治のことを語り尽くした高揚感に浸りながら、わが子の成長と笑顔を見られる親としての幸せを実感した。と同時に、母さんきつねのことが頭に浮かんだ。

母さんきつねがぶどうを取りに行ったのはわが子の喜ぶ顔が見たかったから。そしてぶどうになってでも見たかったのはわが子の成長。母さんきつねの「死」をなぜ作者は描かなかったのか。新たな疑問がわいてきた。

私の中で坪田譲治ワールドに出かける旅は始まったばかり。長い旅になりそうだ。

現代詩

■佳　作

池田　直海

三日月

手の切れそうな三日月が
光をたたえて真っ黒な夜空にある
鋭利な刃物みたい

こんな夜にはあの月を懐に隠し持っていよう

あなたには最初から
私を見せた

すべてわかっているという風にあなたが私みつめる
私はその顔をまた見たくて　もっと何もかも見せる
あなたが溺れるような息をする

私をずっともっと知って欲しくて
月をこの手に握りしめる

パックリと割れた傷口から
たえまなく闇のようなものが流れ出る

あなたが息をのむ

その時一瞬だけ私たちは目には見えないもので惹かれあった

あなたもやはり月を握りしめた人だったろうから

それから暫くして
傷口から何も出なくなった頃
あなたは突然いなくなってしまったけど

燈台

真夜中に狭い廊下を壁づたいに
私は一人ちいさな雑多な部屋へ帰る
真っ暗な　夜の凍えるしじまのなかで
明日も何も見えずあがくように
カーブの手前で目線を上げる
その時
突然　直線状から少し斜めに

オレンジ色のあたたかい光が見える
そのちいさな灯りは燈台のような光をはなつ
そして
私に一度も詩など書いたことのない感慨をおぼえさせる
ああそうだ
私は本当には一度も詩など書いたことがないし
本当に生きたことがない
本当に誰かを愛したこともない
私はそう気づいて
少し傷つき、空虚になる
そこで私は目をつぶり
恐れつつ再び開く

すぐさま私の心に溶け込んでくる、やさしいその光

光は消えてはいない

私はずっとこんな光を欲していたのだ
燈台で再びあうことのない
渡り鳥を見送って誰かが空虚な瞳で帰ってくる

あの人もいつか自分の光をみつけられればいいが
岬のさきの燈台のような、たった一つの光を

緑閃光

——あの頃は
どんなに透明に澄み切ったものであるかも知らず
その微かな光に気付きもしなかった——

私はずっと狭くささやかな世界にいて
僅かなものしか認識できず
からだにはガラクタばかりをぶらさげていた
あなたはずっと光を示してくれたのに
失う時初めて
その発色を知った

一人でいる砂浜

遠い夕日が水平線に落ちていく
冷え切って澄んだ空気のなかへ
その時　突然夕日がグリーンフラッシュした
もうあなたの声も　姿もうまく思い出せないほど
遠くに来てしまったというのに

どんなに微かな光でも
今の私にはいつだってわかる
それから二人砂浜で
緑色の光を
満たされて並んでみていた

■佳　作

汗だく

武田　章利

平和式典は蝉の声に包まれて
人の声が響いてこない
錆付いた音を鳴らしながら
今日も開ける家のドア
青い空は広すぎて
僕は自分の存在を疑ってしまう
暑い
と
一言だけ漏らし
それ以上は膨張した空気に遮られる

はやくも滲んでくる汗
やってられねえ
車のエアコンは冬から壊れたまま
直すお金もなくて放ったまま
窓全開で踏みつけるアクセルが
眩しく降り注ぐ光に抵抗される
ラジオの音も聞こえない
今年も
聞き逃してしまう平和式典
原爆を知らず
戦争も知らず
だからと言って平和も知らず
交差点でプラカードを掲げる人たちの
「核のない世界を」
に実感も湧かず
僕は
今日も変わりなく鳴き続ける蝉たちと同じ
アクセルを踏みしめる僕の全体重

もっと鳴いてくれ
風の音に突き刺さってやってくる蝉たち
お前たちは今日、死ぬかもしれない
僕も明日には、死んでいるかもしれない
だから
汗だくになって
ただ
アクセルを踏みつける

呼吸困難

息苦しいのを
蝉のせいにする
ああ、また
鳴きだした

日差し避けに入った木陰には

蝉の死骸が転がっていて
残酷で静かな夏の光景が思い浮かぶ
静か？
こんなにうるさいのに？
いや、こんなにうるさいのに
夏はどこまでも静かに青く広がって
気を抜くと自分が溶けてなくなりそうになる
どうして僕は
耳元でわんわんと鳴き続ける蝉たちのなかで
あ、僕も蝉の鳴き声だった
と思ってしまうのか
目に突き刺さってくる光を見ながら
あ、僕も太陽光線だった
と信じこんでしまうのか

バスが
がたがたと通り過ぎていき
乗り損ねたと気付く

絡みつく熱気を吸い込んで
思い出す息苦しさ
感染症防止のために外出するなと国が言い
どうせなら蝉にも言ってくれと呟きたくなる
でも
彼らがいなくなったら
僕は淋しさに押し潰されて
本当に息が吸えなくなるだろう
友達も恋人も家族も
みんな遠くでこもっている
だから
風情がなくなるくらい鳴いてほしい
僕の相手をしてほしい
息苦しいくらいに
僕の相手を

ヒグラシ

あなたは
ヒグラシの声の後ろから
「空は十分広がって
　もう、落ちようとしているよ」

と言ってくる

「そうだね」と
私はあなたの墓前で呟き
ヒグラシの声に無言で俯く空を見上げる
砂浜のように
薄い雲が広がっていて
あそこまでなら
行けるかもしれないと

少しだけ
そう思う

あなたは
病室の窓を開けて
うるさいくらいのヒグラシの声を
じっと無言で聞いていた
その時の目が
私には音を見ているように感じられて
今なら
ずっと言えずにいた言葉を
直接感じてくれるかもしれないと、思った

墓前で
私は
「今、何してるの?」
と訊いてみる
向こうの世界があるとして

あなたはどれだけ遠くに行っただろう
いつか
思いも声も
届かなくなる日がくるかもしれない
私が死んでも
きっともう
あなたには会えない
ヒグラシが鳴いて
空がさらに近付いてくる
世界が
私を中心に少しだけ縮んだ気がして
まだ
あなたの表情や手つきを思い出せることに
安心する――でも
「また来るね」
と言ってここを離れるのが怖くなる
背中を向けると
涙が溢れてきた

ヒグラシの声のなかで
それはぜんぜん合わないと思う
合わなくて合わなくて
思わずあなたの名前を呼ぶ
ヒグラシが黙って
あなたの声もしなくて
思い切り
声を上げて泣いた

■準佳作

横山　千秋

四月

その時が来たら
仕事を暴かれ
顔を晒され
住まいを見つけ出され
貼り紙されるでしょう
出て行け！罪人！

私は包み隠さずお話しします
そして

そこに起こることを観察します
そこに起こることを分析します
そこに起こることを著述します
詩人の言葉は
回覧板の中にしか存在せず
毒にも薬にもならない
しかし
それでも
想像する力を
抵抗する力を
跳躍する力を
もう一度
信じるとしたら
今だ

鋭くなることが
先端に向かって閉じていくことならば
私は球体になります

それは校庭に置き去りにされたボール
それは畑に放棄されたタマネギ
それは失意に暮れた拳
もう一度
信じるとしたら
今だ

一匹の魚が私に言った

一匹の魚が私に言った
お前たちの科学と哲学が試されている

容量六十リットルの惑星には
パラグアイ生まれのテトラ
マレー半島に暮らすラスボラ
ネグロ川から運ばれてきた小さなプレコ
近所の用水路で掬ってきた

ヌマエビやカワニナもいる
そしてインドに自生する湿生植物
中南米に分布する浮草
ドブ川に蔓延るチドメグサまでもが
色とりどりに
無節操に

水槽管理者である私は
毎朝ＬＥＤの太陽を灯し
フリーズドライの食糧を投下する
石炭を燃やしてモーターを回転させ
土壌に窒素とカリウムの錠剤を埋めていく
魚は二酸化炭素を吐き出し
植物はそれを使って光合成をする
姿を見たことはないが
どこからともなくやってきた微生物が
残飯や糞などを分解しているらしい
ガラスの中に自然をシミュレートし

それを完璧に
コントロールできているかのような美しさに
私は満足し
テクノロジーに明滅する鱗を
何時間だって見つめていられる

しかしその時は突然やって来る
エビが横たわり
魚の鰭はホロホロ溶け始める
どんなに水が澄んでいようとも
目には見えない何らかが
飽和し増殖し暴走し始める

一匹の魚が私に言った
お前たちの科学と哲学が試されている
危機と対峙して初めて
憐れな本質が暴かれるであろう
いかに利己的であったか

いかに刹那的であったか
残された選択肢は多くはないが
いずれの未来も言葉の中だ
私はバケツに水を注ぐ

羽化

群青の裂け目を目掛けて
俺はずさずさと登っていく
雨は二日ほど降っていない
ああ　いよいよだ
挨拶をしたわけじゃないが
壁の向こうで仲間たちも一斉に動き出した
たったひと夏のとか
たった一週間のとか
目に映ることしかわかろうとしない

あいつらは言うだろう
だが俺たちが向かうのは
神経という神経を生殖に支配される断末摩
それは確かに情熱的だが
かなしい歌だとは思わないか

縦横無尽に伸びた木の根に沿って
右往左往して遊んだ日々よ
美しい時間よ
白っぽいぶよぶよの身体は
どんな形にもなることができた
どれだけ眠ってもまだ同じ一日で
どれだけ考えてもまだ同じ一日だ

ああ　いよいよだ
俺が生まれた日と同じ
風のない夜だ

■準佳作

三月の晴れた日に　I

武田　理恵

三月の晴れた日に
わたしは　その日も保育園に行った
家から一本道だけれど
忙しい両親のいつもの車にとび乗る

やわらかい光に包まれて
園庭で同じ年の子と駆けまわる
歌いながら　走って
歌いながら　また走って

歌も　走るのも
風と一緒になれる気がして　きもちよかった
たのしくて笑い
笑うとまた　たのしくなって

小学校の校庭が
楽しみでしかたなかった
どんなに広いだろう
どんな遊具があるのかな
保育園の遊具は年中さんに譲ってあげた
だって　もうあの雲梯　足がついちゃうんだもん

いっぱい走って　お昼寝して
あっという間に　帰りの歌
オルガンで　まり先生が弾いてくれてるメロディー
わたしも　教えてもらったから弾けるよね
先生と目が合って　また笑う

ことばから景色が広がってきて
歌の世界が六歳の心を広げる

どこまでも
この声を届けられる気持ちが膨らんでいた
どこまでも
走って行けるエネルギーが
きらきらと充ち満ちてくるのを感じていた

三月の晴れた日に　Ⅱ

三月の晴れた日に
わたしは　その日も保育園に行った
家から一本道
五分とかからない　わたしの楽園

走ること　眠ること
歌うこと　また　くりかえして
わたしは帰りの車にいた
その日はなぜか　長いドライブで
父が　静かな声で言った
おばあちゃんのこと

どんなことばか覚えていない
ただ　父の横顔が
西日に真っ赤に照らされて
怒っているのか
泣いているのか
その赤さだけが　くっきりと残った

家には　もう人がいた
知っているような
知らないような人
わたしは　玄関のすぐそばの部屋に駆けた

おばあちゃんがいつもいる場所
白い布団とハンカチ――

その瞬間
もう会えないのがわかった
わたしが　はじめて
死を知ったとき
だれも　なにも言わなかったけれど
涙がとまらなかった

抱きしめられて
汗がどくどく出てきても
わたしのなかの
焦げた太陽は横たわったままだった

ランドセル姿をたのしみにしていたと
あとできいて　また泣いた

子宮

青々と茂った木は燃え落ち
大地は枯渇して裂けた
そんな痛みを伴って
それでも　ひとつ呼吸をする
わたしは　生きるために　戦っている

骨が渦巻くような陣痛を経て
ちいさな娘がうまれた
その子宮を今度は
違う痛みが覆っている

春のこもれびのように
やさしく降り積もったのは
母親としての自覚だけではなかった
父が倒れたときも

母が病に苦しんだときも
その痛みを　ひとつもわかっていなかったのだと
通告してくる
錆びた鉄線が絡みついてくる

雨あしが強まり
窓ガラスが音をたてる
娘が手を当ててくれる
その　ちいさな手の置かれたところから
ほんのりあたたかくなって
嵐は　やわらぐ

どんな薬より良薬
いくども　いくども
この想いを　人はくりかえしてきたのだろうけれど
不老不死の薬は　ありはしない

誕生から背負ってきたものを
自分の背中を
見なくてはいけない鏡を
わたしは　いま　子宮に抱えている

娘をだっこする
まだ　だっこできる
何歳になっても　だっこしたい
こんな想いを
人は　なんども　なんども

■準佳作

ひとはなお

花に命があるように

ふりあおいだ夕空に
しろい月がかかったら
だれだって
ほら
お月さまって
いうけれど

知らないよね
花に命があるように

月に命があるなんて

生まれかわるたび
うすい衣を
ひとひら脱いで
月は
ますます透明になる
そうして
その無垢の目で
わたしたちを見つめてるんだ

　甲斐のあることも
　ないことも　それは
　宇宙の摂理

月が衣を脱ぐように
ひとひら
ひとひら

衣を脱いで
花びらちらす
花のように
かざりもなく
ただ　生きていたい

泰緬鉄道C56型31号機関車

靖国に初めて来て
外国からの参拝者が
多いことに驚いた

祖父はシベリアに抑留され
戦争が終わって　ようよう
我が家にたどり着き
栄養失調であえなく
亡くなってしまった

祖母はひとりで
母を育てた
食べるもののない時代だから
早朝から暗くなるまで
田畑に出て作物を作った

その祖母も亡くなったが
死の直前まで
靖国に通った

戦争も祖父も知らない私は
過去のことのようにも
感じていたが
訪れてみて
ここにたしかに
祖父たちがいると思えた

まだ芽も出さない

桜の木の
枝のあたり
宿命に命を
落とさなければならなかった人々が
いると思えた

遊就館という靖国の展示場の中
日本軍のビルマ・インド進攻作戦の
陸上補給を目的に使われた
泰緬鉄道Ｃ56型31号機関車の前で
ほろほろと泣いている白人女性がいる

なぜここに来たのか
なぜ泣いているのか
不思議に思って
ご家族が兵士でいらしたのかと尋ねた
オーストラリアの叔父が兵士だったと
そのひとは語った

大好きな叔父だった　と

そこからは深く聞けなかった
おそらく日本軍の捕虜として
鉄道の建設をしたのではないか

よい旅を　と
互いに声を交わし別れたが
大切な叔父さまの
生きた痕跡を求めて
はるかなここに
訪れたのだと思う

命はみな
めんめんとつながっている

生きたひとも
残されたひとも

生まれてきたひとも
敵として生きたひとでさえ

この地球上で
繋がっているのだ

私の不躾な質問に
躊躇なく答えてくれたひとのまごころに
私はこの命をどう繋ごうかと
立ち止まる

父はどこへ行った

父はどこへ行った

繊細で
頑固で

やさしかった父は
どこへ行った

十七歳で詩を志し
志し続けた父は
どこへ行った

昆虫が好きで
蝶が好きで
その夏を待たずして
どこへ行った

空には
陽があり
父のいた
場所がある

雲はわき

川はそれを映し
父の息吹は
ここにあるのに

どこへ行った

火葬場の
扉のまえ
それが　開く寸前に
くろい影のように
蝶がきた

ひらひらと
細かなひかりの鱗粉を
棺のまわりに散らして

あっというまに
天井にのぼった

大理石のその部屋の
屈折した闇のあたりまで
捜してみるが

蝶はどこにもいない

短歌

■入　選

落書きを消す

有友　紗哉香

壁のある人といわれる墨彩の印度孔雀の屛風を前に
「新しい人を採ります」もうすこし働きたいという人よりも
いってみりゃそれだけのことこの人に辞めてもらってあの人を採る

まっさきに現実になるこれだけは勘弁してとおもうことから

いくつもの職を失い鱗粉をこぼしつつとぶ白き蛾を瞰(み)る

生きるのに慎重になるメロンパンたったひとつが五〇〇円とは

欲しいのか必要なのか考えよ傘はいっぽんあればじゅうぶん

噴水のしぶきをかりて歯を磨くわれより若き浮浪者ひとり

格差とはすももの種にこびりつく果肉のようなどうしようもなさ

午後三時誰にもあわずただひとりトイレの壁の落書きを消す

■準佳作

言葉のいのち

中塚　節子

「茶ミッショリ」は「茶を召し候(さうら)へ」の古語にして万葉語とはただ驚きつ

みんなみの孤島与論(よろん)に今もなほ万葉言葉の生きてゐたりき

千三百年前に額田王が話しし言葉に茶をすすめらる

母の母そのまた母より伝へられし言葉のいのちに頭（かうべ）を垂るる

春の西風（にし）ふけばスク※来るこの潮の恵みの小魚さあさあ掬へ

さたうきび畑にザワワザワワザワワ風の通りて黍みのりゆく

トンカラリトンカラトントン紬織る女（をみな）は風に合はせて日がな

一族の風葬の洞（ほら）を持ちゐしとふ海にむかひて風にゆだねて

太古より自然とともに人ありて万葉ことのは今を生きゐる

こののちもあるがままにて「茶ミッショリ」と島びとは客を迎へられたし

※スク＝アイゴの稚魚

■準佳作

まっしろ、まっくろに手をのばして

金光　百音

青い空目眩のようなまぶしさと草木の香り視界が揺らぐ
真っ青と絵の具のように白い雲どこからともなくペンキの香り
つぎはぎの穴あき心今日もまたどうせどうせと自分を破る

水の中自分を縛りもがきだす切り落としたの伸ばされた手を

背負ってるのわずかな期待罪悪感「重い」「痛い」と叫んでるのに

「うそつき」と言うなら見せて心臓を知ってるんだよあなたもでしょう

情けない死にたがるのに死なないの大事なものに縋ってるから

まだ欲しい何が欲しいかわからないけどお姫様ならもらえたかしら

覆面の愛した君に必ずやキスができると信じているの

おべんきょう愛されるためのお人形ずっとおててで踊ってあげる

■準佳作

農に生く

吉尾　光昭

職退くをひと区切りとしふるさとの荒れし儘なる田畑に挑む

生ひ茂る草とたたかふ日々続き草渋爪に染みてくろぐろ

背負ひたる動力噴霧機三十kg（キロ）　よろける足を杖に支ふる

汗に濡れ肌にはりつく野良のシャツ一服の間を鍬の柄に干す

研ぎ終へたる鎌の刃先を爪に掛け切れ味試すは父からのもの

鍬打てば石弾く音身にひびき父母の労苦に思ひ致せり

二人して葡萄の棚に雨除けを張りし日の妻寝息荒ぶる

やうやくに色づき初めし葡萄の粒が大雨ありて次々裂果

ずつしりと葡萄ひと房樹から掌(て)に丹精問はるる収穫のとき

農に生くる幸せひとつ陽の匂ひ土の匂ひに生気いただく

■準佳作

今日の買い物

太田　智美

メモ書きにチューブわさびとセロテープこれが我が家の不足物品

八割引き賞味期限が後わずかチューブのわさび手に取り迷う

「どれでしゅかきょうのおしゅしゅしゅめは」幼子はママのスマホのクーポン覗く

楽しげにママにねだって幼子は籠に入れたり秋刀魚三匹

新車決めペイペイでピッととりあえず五十万円は支払い済ます

スマホ手に犬も車も大根もピピッとかざして手に入れました

柄マスクしたおじいさんメモを手にネギもいるかとスマホに話す

断捨離と食器処分し翌日はグラスのおまけ付きビール買う

スマホ手に後に続く列を見て迷わず出来る現金払いに

経済は回っているさゴミの日はわさびチューブとテープ芯出す

■準佳作

鋭角の光

士師　康生

鋭角の光なりたる夏の日はまだ夕闇の来るを許さず

二十二の夏と変はらぬ風の香よ鈍行列車を待つ無人駅

真っ白なブラウス揺れる風の街あの夏の日に僕はまだゐる

走馬灯の影は忘れずこの夏に浴衣姿の少女はゐない

君の着るドルチェアンドガッバーナこの夏はまだ立ち止まらない

少年は雨に濡れてもひた走る乾かせばいいシャツも体も

坂道を駆け上がりまた駆け上がり少年は夏に逞しくなる

日焼けした少年の一塊走りゆく一瞬の夏に迷ひはあらじ

夏の朝は早く来たりぬ朝顔の花のごとくにシャワーを浴びる

たをやかな葉を伸ばしたるパキラにて待合室は清く区切らる

■準佳作

折々に

山﨑　佳奈子

言ふべくを言へないままに登り行く古墳の道に蒲公英の咲く

あの人もあの人も逝き春は過ぐ分離帯には菜の花が咲き

この機会に使はぬ道具は捨てましょう私の死後の片づけをする

「近づくな話すな友と」目に見えぬコロナウイルス心をこはす

愚痴をこぼす相手もなくて胸底にヘドロの如く何かがたまる

会話にも温度差のあり二十年振りにあひたる幼なじみと

丈高き墓標を仰げば曹長・伍長今は聞かれぬ言葉がならぶ

いつよりかメールですませ君の声を忘れてしまふ木犀の花

ゆるやかな川の流れに鷺一羽待つとふ心の奥には希望

後悔はいつももしもで始まりて言うて詮なき歴史のもしも

■準佳作

あそこまで

行正　健志

代掻きを終えし田圃に土ガエル我も我もと声を上げくる

山あいの棚田にエンジン響かせて田植機一台雨中にひとり

草丈が年々伸びる休耕田夢に我が家も草に埋もるる

濁流のほとりに一羽青鷺が痩せた翁のごとくに立てり

小雨降るコロナ自粛に逝きし人ぶどう棚にはあおき実の垂る

夏の日を生き急ぐのかクマゼミは寺の仏は半分目を閉じ

夏草を抜けば根っこに土塊が離れまいとてしがみつきおり

人間の脛のようなるなんきんがばさりばさりと畑に育てり

首筋に汗流れ落つあそこまで決めて畑の夏草を抜く

存在を忘れておりし電線が夏の夕刻銀に光れり

■準佳作

二〇二〇　夏

松田　キク子

ぱりぱりの洗濯物の陽の匂いそのまま丸めて夏ひと抱え

ことさらに吸って吐いてと言われねどマスク膨らみ凹んでみせる

マスクして億劫だから会釈だけ目で笑ってる沈黙の夏

ていねいにすこし太めに眉を描き〈目は口ほどに・・・・〉期待値あげる

人はみな支えが欲しい凌霄花（のうぜん）の塀はいのぼり逞しく燃ゆ

くり返しくり返し聞く繰り言にあなたの本音がうれしくもある

繰り言にひそむ魔力に負けぬようわたしはちっちゃな防波堤です

ねばねばの相乗効果モロヘイヤオクラと和えて明日にそなえる

いくつもの偶然かさね生きている道に干涸ぶミミズ点点

大声で泣いたり笑ったり許されて赤ちゃん御機嫌　バンザイ赤ちゃん

■準佳作

千郁

田村　敬子

晴れ着抱きはなさぬ千郁(ちふみ)の面影や五十六年忘るることなし

子の墓に庭の桜を手向くるにうぐひすが鳴くつたなき声に

雨に濡れ海棠の花が咲きをりぬ子を送りし日も花咲きをりしか

庭に咲く海棠の花を汝（な）が見なばそのまなざしのほのぼのとあらむ

あがりきて盆花手向くる奥津城はつくつく法師の鳴く声ばかり

夕さりの炎ゆらめく送り火に父はは去ぬるか子ろも去ぬるか

ふと目覚め子の面影を偲びをれどいつしか眠りて夢に見る面影

見つめつつ「読んで」と言ふがに絵本をだす子の面影よ幾そたび顕つ

約束の絵本を抱へていづこにか子は待ちてゐむ母よ母よと

高空を西へ西へとゆく雲よいましばし待てよと子に伝へてよ

■準佳作

グアム島

坂本　佐和子

岡山の友好団に加はりてグアムへゆく吾八十五歳

白き供花激戦ありしジーゴにて捧ぐる市長地下壕の上に

アサンの野に仆れし兵士に何よりも慰めなるは核兵器絶つ

核兵器ロシア七千、アメリカは六千八百、地球にいらぬ

グアム近きテニアン島よりアメリカの一機飛び立ち原爆投下

日本軍二万、米軍五万人殺戮の夏昭和十九年

苛烈なる日本本土の空襲はＢ29基地のグアムより来し

みんなみの海と空とに手をあはせ死者の鎮魂平和の祈り

打楽器の哮る船上にはね踊る※チャモロ少女は褐色の肌

甘き香のプルメリアの花髪に挿しチャモロ少女と手をつなぎ踊る

※チャモロ＝グアム原住民

俳句

■佳作

メビウスの輪

花房　典子

学校の裏に切り立つ春の山

風光る島は丸ごと石の山

春泥のタイヤの太し石切場

雲ほどの明るさ島の山桜

山ざくら湖に散るとき発破音

古代魚のゐさうな湖や鳥雲に

スナックに猫の集まる鰆東風

藻のからみ打ち上げらるる流し雛

メビウスの輪から飛び出す卒業子

湾沿ひにさくら並木や船日和

■佳作

遠花火

三村　榮一

和尚にも赤紙が来て衣替え

壮行は皇居広場の五月闇

零戦の単座少年微笑めり

大和没す幾多の水母は人魂か

片脚の砲兵伍長で除隊せり

兵士死なば柱となりて夏夕焼

空襲をせぬ編隊が過ぎ国敗る

兵は酔いジープ蛇行す夏の街

蛇行するジープ指もて吾を撃つ

猪突猛進せし昭和の遠花火

■準佳作

青兆す

小西　瞬夏

いつぽんの草が吐き出す暑さかな

その奥にちひさき祠狐雨

八月の角を曲がれば空ばかり

蟻の死や外階段に日の差して

てのひらに桃の漆黒受けてをり

をみなとや皿に毛羽立つ桃の種

魂迎へ小鍋にみづを滾らせて

しづけさのおそふ厨にパセリ育つ

にんげんの群れよ裸のマネキンよ

青兆す天窓の空震災忌

■準佳作

鳥影

名木田　純子

初音聞き空広くなり青くなり

末黒野の一片となり鴉立つ

草原の雲に影置く揚雲雀

森の夜を動かすこゑや青葉木菟

小鳥来る風を斜めに横切つて

高音して記紀の山へと向かふ鵙

二羽の鳶同心円を描く小春

白鳥の首の曲線より明くる

枯木立縫へる鳥影風の影

水の綺羅より寒雁の声生まる

■準佳作

風光る

米元　ひとみ

風光る高速艇は波に跳び
ジャリシャリと壁塗る音の春めけり
ゆくところありて猫ゆく百閒忌

さらさらと風が梳きをり夏柳

ぜんまいをいつぱいに巻き朝の蝉

鍋釜も絵になるカフェの秋灯

むらさきの幕に整ふ菊花展

梁をほめ屏風をほめてより宴

冬薔薇やピアノに寄りてジャズ歌ひ

カフェテラス冬日に席を空けてをり

■準佳作

デカダンス

武田　和真

夏霧の海へと生き返るクラゲ

凪死すや黄ばんだ空に朽ちたカメ

汗かかぬムンクのやうな裸かな

恍惚の数だけ牡丹散りにけり

無音の花火や笑ふラヴクラフト

電流とにほひが楽し誘蛾灯

ブランコの冷たく腐る熱帯夜

恐ろしき氷菓の溶けぬ闇来たる

午前二時ほととぎす吐く三拍子

夏至の朝燻んだ紙魚になりにけり

■準佳作

虫送り

高木　幸子

加はりぬ塩飽諸島の虫送り

先頭は大数珠担ぎ虫送り

警官も尼僧も混じる虫送り

辻々の護符立て替ふる虫送り

最終は海に蜈蚣を送りけり

内倉を戸毎に持てる涼しさよ

若冲の墨の対軸夏座敷

軽トラの島から島へ桃売り来

何役も熟す船長油照り

船客は帰りもふたり夕焼くる

■準佳作

すべりひゆ

佐藤　千鶴

あと形も無き生家跡すべりひゆ

山門のささくれ草鞋暮の秋

小鳥来る村に一つの掲示板

紅葉且つ散る一灯の露天の湯

古絵馬の乾びし音や冬近き

被災地の新しき灯や寒ゆるむ

日を含みはじけさうなる柳の芽

土筆野をけづり護岸の工事終ふ

風の香に一歩踏み出す退院日

ふるさとは記憶のなかにゆすらうめ

■準佳作

名残雪

竹本　孝

春愁や独りの姉をホスピスへ

点滴の無音のリズム花の雨

呼びかけに瞬き一つ春の星

月朧くだの繋ぐるいのちかな

しゃぼんだま彼岸此岸の間かな

延命を望まぬ姉や桜見ず

旅立ちの黄泉路灯せよ白木蓮

微笑みの遺影に愁へ花の冷

牡丹の崩れて通夜の終りけり

通夜客を見送る肩へ名残雪

■準佳作

小鳥来る

松尾　佳子

店頭にとりどりの和紙小鳥来る

たそがれの色をたたみぬ酔芙蓉

山裾の小流れに落つ虚栗

雀らの翔てり色なき風の中

隠沼のにぶきひかりや草の花

ピクルスの赤色が好き小鳥来る

鳥兜山湖への道行き止まり

山風のこつんと硬くどんぐりこ

色変へぬ松水の面に影正し

月草のひかりの粒をこぼしけり

■準佳作

蝸牛

岡田　邦男

田を植ゑて深き眠りに落ちる村

一村を担ぎ上げたる夏祭

滴りは大地の呼吸手に受くる

あぢさゐやペンの字滲む書簡箋

蛍火や小学校へ戻る橋

ふるさとは太古の海か蝸牛

はんざきの獲物を狙ふ小さき眼

天皇も越えたる坂や道をしへ

病葉や尊厳死てふ死に方も

長寿とてたかが百年雲の峰

■準佳作

西瓜

渡辺　悦古

寄り道のこの星西瓜食べごろぞ

天の川転院書類多すぎる

本籍は夕焼村の夫のもと

濡れ土に嵌まりしどんぐりの必死

三日月や身を出づる石濡れてをり

体温計とてふてふに耳敏くせる

髪のくせ失せしろがねの七変化

大夕焼シャッターをもて遮断せる

蟬しぐれ焼かれて白い化粧塩

月光につつまれて寝る明日の形

川柳

■佳作

人生譜

東槇　ますみ

裏表紙筆さらさらと今佳境

躓いてからの景色がよく笑う

抽出しに春のページがまだあった

時流には乗らぬ私の万歩計

裏のない言葉吐きつつ拭く眼鏡

パレットに明日の命を絞り出す

晩景へ五感ゆっくり貝になる

犬かきが続く現在過去未来

両の手にある幸せ不幸せ

定型を守り通した人生譜

■佳作

結ぶ

高杉　究作

唇を結び通した反抗期
靴紐を結び直して聴くマーチ
ネクタイを外してさあ呑もう友よ

泥縄で生きた証の傷がある
避難所で日ごとに太くなる絆
師と弟子を繋ぐ技あり心あり
握る手を少し緩めた倦怠期
結び目がほどけぬままでさようなら
命つなぐ風が砂漠を彷徨うて
今日明日を結び柔らな風が吹く

■準佳作

生きる

山中　惠妙

希望した人生楽屋入りのまま
雨だれの音でリズムを取りもどす
思案した駒がいきなり走り出す

失って得た経験をバネにする

決断をして青空が見えて来る

淡々と語れる過去にして生きる

決心がついて整理の荷が重い

幸運を運ぶ女神が思案顔

言い訳はしないで自分の道をゆく

夜通しの雨が晴れ間を連れてくる

■準佳作

みそっかす

船越　洋之

校歌より僕らは赤胴鈴之助
置き傘は兄の下校を待っている
楽しいと知ってしまった回り道

グローブもボールも一個草野球
ボール田に入れば叱られてもはいる
校長に書いた始末書まだ胸に
役者の子一週間で旅の空
級長になるのはいつも三学期
記念樹も校舎も消えて高層化
恩師の葬同窓会になってくる

■準佳作

風の音

宮本　信吉

ふる里の風に原点教えられ

風任せこだわらぬ日を生きてゆく

風に乗りそっと来ている良い便り

風向きを上手に読んで今日は晴れ

一直線飛行機雲を風が消す

逆風に耐えて男の貌を彫る

中流の意識も風に流される

追い風に乗って延ばした棒グラフ

スローライフそれでも風は読んでいる

前向きに生きてやさしい風の音

■準佳作

地球の音

金田　統恵

廻ってる地球の音が聴きたくて
乾いたか蚯蚓は何をまちがえた
ソーダ水　泡が秘密をしゃべりだす

北極の氷が溶ける腹はへる
ほうせんか花火のごとく種とばす
ゴキブリを笑って許す星祭
意のままにならず回った風車です
四コマ目食み出している笑顔
ちちははの返事をもらう墓掃除
台詞なし一人芝居で日がくれる

■準佳作

昭和の薔薇

田村　文代

燃える絵を描き生きたと薔薇崩る

あの夜を水に戻したロゼワイン

月を見る約束揺れた藍浴衣

輝いた道草がありきられた

古釘を叩き伸ばした昭和の火

つまみ洗いの箇所は今でも濡れている

壊しては建てた昭和の健気さよ

プラトニックラブなら出来る余命表

折れ線の路を振り返らず進む

薔薇門扉開くこころの調律師

■準佳作

生命の連鎖

坪井　新

ＤＮＡ種を宿して花しぼむ

つぎの世へ弾けロケット鳳仙花

きだきだの引っ付き虫のイノコズチ

風神のはこぶ唐綿のふわふわ

立ち枯れの熱砂の地球こぼれ種

多種多様進化かさねて生き残る

古代蓮いまよみがえる浄土から

時間軸こえて帰化する外来種

種ぶくろ振れば宇宙へこだまする

銀河系　生命の連鎖する地球

■準佳作

沙羅の花

灰原　泰子

ふり返える度に変わってゆく流れ
一握の砂手からこぼれて無に還る
狂わない時計にいつか飽きてくる

蓋ずれて昨日の嘘が煮こぼれる

濡れて乾いて女の道はまだ続く

幾許の命と思う沙羅の花

鍋底を磨いて女にある戦

潮満ちて昨日の遺書は書き換える

逃げ道にする一行は空けておく

肩の荷を一つ残して秋が逝く

■準佳作

春の色

萩原　碧水

思い出を乗せて未来へ走り出す
定年へ消しゴム丸くなってゆく
ところてん過去を一気に流せそう

古書店で泉を探す客となる

強運の風を呼びたい鯉のぼり

「サクラサク」孫が咲かせる春の色

正論を通した後に来る孤独

相槌を打てば足並み揃い出す

美容師の愚痴をお客が慰める

第三者わかったような事を言う

■準佳作

還暦

塩津　誠治

チューハイをごくりと老後問う娘

子離れを急かすでもなく呑む長女

赤い糸捩れ縺れてちゃんちゃんこ

自分史に赤い付箋の一頁
ゆっくりと下れぬ坂の日は長し
乾杯の約束日来て友は居ず
躓いて出来るつもりを減らしてく
悔いのない道のはずだが振り返る
還暦の湯に入り母へ独り言
塞翁が馬で六十年は過ぎ

■準佳作

生きる

鳥越　舞

泣き笑い命繕うＤＮＡ
体ごと振って命を振り絞る
不器用に咲いてだあれも振り向かぬ

転んでも転んでも未だ生きられる

傷ついた翼委ねる母の膝

万策を尽くした後の深い息

まだ生きる答えは出ないままだけど

友が居るただそれだけで生きられる

ふる里の風に抱かれて墓洗う

ほっぺたを叩きもいちど生き直す

童話・児童文学

■佳作

うちのママはロボットかも

寺田　喜平

次の日曜日は、小学校に入って三回目の運動会。毎日の練習でくたくただ。きのうは暑くてねむれんかったし、もう遅刻しそうや。

立ったまま、パンと牛乳を飲みこんでいると、ママが台所に入って来た。

「みか、早くしないと、おくれるわよ」

「わかってる。急いでいるもん」

「帰ってきたら、すぐに体そう服とくつ下は洗たく機へ入れてよ」

「うん、わかってるよっ！」

「毎日言ってるけど、ぜんぜんできない……」

「行ってきまーす」

うちは最後まで聞かず、にげるように玄関を出た。

毎日、ママはほんとにうるさい！　それに大げさや。いっつも入れてるのに、ぜんぜんできてないと言う。

小走りして登校班のみんなに追いつくと、日に焼けたまっ黒な顔がふり返った。


かえりの会が終わり、げた箱の近くで、となりのクラスのゆり子ちゃんとばったり。

「みかん、元気？」

うちのあだ名はみかん。ほっぺに赤いみかんが入っているように見えるらしい。ときどきママまで、みかんと呼ぶ。ほんまにいやや！　自分たちがつけた名前やのに。

あれっ、ゆり子ちゃん。うちみたいな、おかっぱになっているわ。

ゆり子ちゃんとは、去年まで同じクラスだった。家に遊びに行ったこともある。前は、長い髪をリボン編みにして、いつも高そうなかわいい服を着ていた。

ゆり子ちゃんとうちの帰る方向は逆。いつものように校門でバイバイした。

「わたしも同じ道よ」

いっしょに歩き始める。でも、だまったままだ。小さな声で聞いてみた。

「前は帰る道、あっちだったでしょ？」

こまった顔をして、言うのをまよっている。

また、うちが変なことを言うたんやろか？

みかは、いらん一言が多いし、うたがい深いと、よくママから言われる。

「あのー。お、おばあちゃんちへ行って、パパを待つの」

しぼりだすように言った。

去年、親が離婚して転校して行った子は、しばらくおばあちゃんの家から通っていたことを思い出した。そうかと思い、片手を口元にあて、耳元でこっそり聞いた。

「ママとパパ、離婚するん？」

「ちがう！　ママが半年も入院してるの」

すぐに大きな声で答えた。黒い日傘をさしたおばさんが、ちらっとこちらをふり返った。

「えっ、ごめん。うち、知らんかったわ」

「いいよ、みかん。クラスがちがうから」

「うちのママはうるさいから、いなかったらいいのに、と思うこともあるわ」

ついなぐさめるつもりで、「いなかったらいいのに」、と言ってしまった。

ママ、ごめん。これが、いらん一言やわ。

「ママが元気なとき、わたしもそう思ったことあるわ。でも、ママがずっといないとこまるよ。ほんと！」

ゆり子ちゃんは立ちどまり、地面を見て、小石をけりながら答えた。

「前はね、ママがリボン編みにしてくれていたの。自分でできないから、髪を切ったわ。イメージ変わったでしょ」

髪をなで、悲しそうな目で笑った。

「この前テレビで見たけど、ママのロボットはどこで売っているのかしら？　わたし、さみしいから、今度パパに買ってもらおうと思ってるの」

「へぇ～、ママのロボット、売ってるんや？」

ええなぁ、ママがロボットやったら、ぜんぜん、うるさいこと言わんのやろなあ、と思いながら、日陰づたいに歩いた。


「ただいまー」

玄関を開け、大きな声で叫んだ。急いでくつをぬぎ、まっすぐ冷蔵庫へ走った。汗で髪がおでこにへばりついている。麦茶を飲んで、ほっと一息つくと、奥の和室からママの声が聞こえた。

「おかえり。暑かったでしょ。みか、クツそろえたぁ？」

「うん、まあ」

「体そう服とくつ下は洗たく機に入れたぁ？」

ママは見なくても、全部わかるらしい。クツはぬぎ散らし、玄関先に体そう服の袋、廊下にくつ下をぬいだままだ。

「暑いし、つかれたから、あとでするわ」

うちは洗たく物をたたんでいるママの横で、ランドセルをほって寝ころんだ。

ママのそばでごろごろするのが、すきや。なんか安心する。

「いつも、いつも。しょうがないわねぇ」

ぜったい、いっつもやない。だいたいは洗たく機へ入れてる。えっ、あれー？　きのうも入れてないわ。

だって、つかれてたもん、しょうがないわ。でも、きっと半分以上は入れてる。……たぶん。

ふわっと、庭からすずしい風。すーと汗が引いた。目をとじると、もうねむたい。ふぁー、あくびがでる。

「かぜひくわよ」

ママが、おなかに何かをかけてくれた。うす目を開けると、たたんでいたバスタオルだ。太陽のにおいがした。

ロボットのママって、どんなんやろう?

と思いながら、いつのまにか寝てしまった。

「もう起きなさい。ごはんよ。よく寝たわね」

ママの声で、目がさめると、もう外は暗くなっている。ハンバーグのにおい。おなかがグーと鳴った。

今日のハンバーグはめちゃおいしい。うちはごはんをお代わりした。でも、ママは食べずにだまったまま、ずっとこっちを見ている。なんか変や、いつもとちがうし。

「今日はほんまおいしいなあ。いつもと味がちがうわ」

「レシピ通りだから、かんぺきなはずよ」

うそっー、前はカンや言うてたのに。きっと、たまたまやわ。

ママが動くと、かすかに変な音が聞こえる。

うちの耳がおかしいのかなあ。これって、耳鳴りなん?

それに、動き方もおかしい。なんかぎこちないのだ。

夕食後、いつものようにテレビを見た。ママはだまったままだ。言ったことしか返事をしないし、文句も言わない。静かすぎて、まるでうちの家じゃないみたいだ。

ほかに変なところがないか、気をつけてまわりを見たが、いつもと同じだった。

うちは、やっぱりうたがい深いのかなあ。まあ、たまにはママの料理もうまくいくことあるわ。うるさくないのは、つかれてるんかもなあ？　ママも人間やもの！　あー、もうねむたい。今週は宿題がないので助かったわ。

「運動会の練習でつかれたから、もうおふろに入って寝るわ」

リビングを出て、ふろ場へ。うしろで電話が鳴った。ママが、ぬぎ始めたうちを呼んだ。

「ゆり子ちゃんから電話。何か言いわすれたことがあるって」

急いで上着と下着をいっしょにぬぐと、首がぬけない。そのまま出ようとして、戸にゴッツン。やっと半分ぬいで、ママから電話を受け取った。

「夜にごめん。あのね、大事なことを言うの、わすれてた。今いい？」

「だいじょうぶよ。おふろに入るところやけど」

「スイッチの切り方を言うの、わすれてたわ。おへそのボタンをおすと、自分で充電しに行くから、寝る前にわすれないでね！　電池が切れると、ママが動かなくなるから」

「えっ、えー。何それー」

「今のママは本物みたいやけど、そうやないよ。ロボットのお試し。もうわすれたん？」

そんなこと、聞いたことがないと思ったが、わかっているふりをした。

「そうやったわ。ありがとう」

あれっ、あのママはロボットなん？　だから変だと思ったんや！　うちは、うたがい深いことないわ。ロボットのママはうるさくないし、ごはんもおいしいけど、やっぱりうちのママは……。えっ、それより、うちのママは？　えー、どこ、どこへ行ったん？


「起きなさい。ごはんよ。つかれているのね」

ママの声で目をさますと、ママが上から見ている。うっーと、のびをして起き上がった。外はもう暗い。

あれっ、なんか、前に同じことがあったような気がする。

ハンバーグのにおいで、おなかが鳴った。

やっぱり、これ、前にあったわ。

そのとき、ゆり子ちゃんが言った「ママは本物みたいやけど、そうやないよ。おへそのボタンをおすと……」を思いだした。

えっ、うそっー。ママはロボット？　これは夢なん？

すぐに、ママのおへそを何回もおした。

「もう、何すんの。くすぐったいわ」

ママは体を左右に動かしたが、何も起こらなかった。今度は、ママがにげようとするうちをつかまえて、くすぐる。でも変な音はしなかった。うちはくるっとうしろを向き、がばっとママにしがみついた。いつものママのにおいがした。

「ロボットやない。うちのママや！」

「みかんって、変な子ね。ねぼけてんの？」

うれしくなってきた。もうママはうるさくてもいい！　みかんと呼ばれても、ええわと思いながら、もう一度ママのおへそをおした。

審査概評

■小説A部門

今年度の応募作品数は十六編。昨年度よりもわずかに減少している。応募者のゆるやかな減少傾向や過去二年入選・佳作が出ていないことを鑑みつつも、今回も「該当なし」とするのは、勇気のいる決断であった。

応募作品を読み終わり、考えたのは、小説の力というものについてだった。今年度は、新型コロナウイルス感染症の世界的な流行や自殺者の増加を背景として、人々が生や死について思いをめぐらせることも多かっただろう。こんな時にこそ、SNSという一過性の書きものではなく、人の心について深く扱うべき小説が、どのような発展を見せるのか見届けたいと思った。

たしかに、応募作にも、人間の生死を扱うものが散見されたが、死などの重い問題を、作者に都合のよい状況説明のため、安易に使ったものがあまりに多い。それらはおしなべて印象の薄い作品になりがちである。そんな作品群にあって、「屋上モンブラン」は、自死について作者なりに考察していこうという姿勢が印象深かった。

視点人物の高校生「僕」と同じ陸上部に所属する少女は、引退を前に少し会話する。「僕」と同じく、彼女もまた人生や世界に対して「迷子」の存在であった。その直後、少女は交通事故で即死し、「僕」は、彼女の死は単なる事故か自殺かについて悩み抜く。学校を抜け出し、偶然見つけた喫茶店で「僕」はその答えにたどり着くのだ。

誰もが人生について考える青春期。しかし、それを小説という形式を選んで作品化し、自分なりの結論まで描き切ることは難しい。本作は、随所に伏線を張りながら、生や死についての考察を詩的なイメージに包んで表現しようと取り組んでおり、これを高く評価したい。ただ、既存のイメージを多く借りていることと、視点人物と同類だけで固めた一面的な世界になってしまっていることが惜しまれる。他者の視点を取り入れることによって、物語に重層的な奥行きが生まれよう。

もう一編挙げるとすると、今回応募の数編は何らかの歴史に基づく作品であったが、そのなかでは「蒼茫の大地」が人間の生死を慎重に扱っていた。昭和十八年、満州鉄道の整備工として中国に派遣された男が、宿敵の伍長との、長い憎しみと奇妙な交情の果てに、八十二歳で人生の終焉を迎えようとする物語である。

前述の「屋上モンブラン」を人生の入口から世界を展望しようとする試みと読むなら、本作は、人生の終わりに、その足跡を振り返りつつ、和解めいた無の境地へと踏み出そうとするところに人生の妙味を見るものである。しかしながら、既存の小説を連想させる部分があり、その印象を薄めてしまっている。また、本作に限らず、歴史に基づく作品を執筆する際は、必ず複数の資料を確認し、誤記で史実を曲げたり、偏った一説のみを論拠としたりすることのないようお願いしたい。

これを書きたいという強い思いが込められたものは、幻想的作品であれ、歴史時代小説であれ、必ずしも重厚な作風でなくても、人の心をとらえる。今後も岡山県から発信する小説の力に期待したい。

（文責・小川）

■小説B部門

二〇二〇年春以降新型コロナウイルスの猛威により、誰もが経験したことのない日常を生きていくこととなった。文化や芸術を不要不急のものとするような風潮の中、ドイツの文化相は「アーティストは今、生命維持に不可欠な存在だ」と言い、カミュの「ペスト」が再読され、文学は実学であると実感した人は少なくないと思う。

今回の二十二の応募作の中で、コロナに言及した作品が四作あった。瞬発力にハンディのある小説といえど、書かないわけにはいかないと書き手を突き動かすものがあったということだろう。審査員二名で全作品に向き合った結果、残念ながら該当作なしとなった。

「ペトリコールのあとに」は看過できない表記上の問題があり、大幅な修正が必要となる。教えるのは簡単だが、自分で気付いてほしい。書店でも図書館でも、古今東西の小説を読めばすぐにわかることだ。この作者の強みである繊細な感覚表現を「雨上がりの匂い」に表出させてほしかったが、それは望めなかった。

「徘徊」は、簡潔な文章が作品全体に一定のリズム感を生み出している。ただ内容も簡潔すぎて単調なものとなり、物足りない。父母や元妻への思い、「私」独自の人生観を膨らませることで作品に深みが出ただろう。

書き手が書きたいもの、書こうとしているものは伝わってくるが、それを一つの小説世界として構築できている作品は少ない。

「会いたい」は、自分の脳内の意識をそのまま垂れ流しただけでは小説にはならない、と知らなければならない①。「美しい邑」は、主人公の思考や行動に社会性、客観性を持たせるにはどうすればいいかを考える必要がある②。「ラストソング」は戦争、学生運動、家族間の葛藤と大きなテーマを幾つも並べ、どれもが中途半端に終わり、書くべき核心が書けていないという印象を受ける。大きなテーマがなくても小説は成立する、と小説の無限の可能性を示したプロの意欲作がある③。

応募作を読みながら頭に浮かんでいたのは、小説（文学）になる前の何かが、どうやって小説（文学）になるのかということだった。井上荒野は「求めているのは実体験ではなく、小説とあなたの心の奥底を繋ぐ通路です。小説となるにはその通路が必要です。まずは奥底を覗き込む勇気を！」と言った。この呼びかけの意味を考えてほしい。

近隣の自治体が主催する同規模の文学賞の中で、岡山県文学選奨は高いレベルを保っていると認識している。該当作なしが続くからといって、賞のレベルを下げることはできない。一方で近年岡山県出身者が林芙美子文学賞、小説すばる新人賞を受賞しており、県内の書き手のポテンシャルは小さくはない。

けっして焦らずくさらず諦めず、小説という大海原へ果敢に漕ぎ出してほしい。波打ち際に忘れ去られている貝殻のような作品も、その内に潜む輝きを審査員が見逃すことはない。

最後に「神様からの最期の贈り物」の登場人物の名を借りて呼びかけるなら、「立川鈴さん、作家になるというあなたの夢の実現には道遠しとはいえ、諦めるのは早い。自分の心の奥底を見つめ、内なる壁を越えるためにも参考本を読んで！」④。

①金原ひとみ「パリの砂漠、東京の蜃気楼」②若竹千佐子「おらおらでひとりいぐも」③村上龍「ＭＩＳＳＩＮＧ　失われているもの」④チェ・ウニョン「わたしに無害なひと」。

（文責・早坂）

■随筆部門

応募数は三十九編。昨年度より十四編も増えた。いや応募数の増加だけでない。応募作品のレベルが格段に向上した。昨年度から枚数が「十枚以上二十枚以内」と、これまでの「三十枚以内」から変更になったことが質量ともに影響したと思われる。岡山県には五十五回を数える県文学選奨をはじめ、内田百閒文学賞や各自治体にも随筆部門のある文学賞があり、この分野の土壌は豊かなのだろう。

随筆はフィクションではない。他者に託すとしてもあくまでも自分が主人公である。日常の今を生きる自分が、何を思い、何に感動（あるいは落胆）したか。そこにはこれまでの自分が反映される。平明で具体性のある文章であり、かつ独自性のある表現が求められる。同時に品格と抑制のある筆致がいる。そして最後の決め手は読者を感動させる、これまでにない「新しさ」「発見」である。
レベルの高い作品が多いということは審査員泣かせである。何しろ入賞は入選の1点のみである。せめて佳作として数編選ぶことが出来ればと、今年も悩まされた。
二人の審査員（久保田三千代・柳生尚志）はそれぞれ5点を最高点とし、0・5点刻みで採点、4・5点以上の作品を持ち寄った。その数は合計で十三編にもなった。だがその後の協議は割とスムーズにまとまった。最高点の5点が一致したのは一つ、それが入選作の「ぶどうの村」である。

「ぶどうの村」

主人公の「母」は仕事と主婦業をこなしている「娘」と久しぶりにお茶をする。母は娘に話を聞いてもらいたいとうずうずしている。その話とは岡山が生んだ児童文学者坪田譲治と自分の住む御津とのつながりの新しい発見である。

岡山駅の西口から近い島田（現在は岡山市北区）生まれの坪田譲治は御津郡（現在は岡山市北区御津）と関係が深い。市内からかなり離れた金川中学を卒業している。姉の政野は同じ御津地区の紙工（しとり）の伊丹家へ嫁いでいる。しかし坪田譲治全集の年譜にも御津とのつながりは触れられていない。

これが残念でたまらない「母」は譲治の代表作の一つ『きつねとぶどう』と御津とのつながりを資料をあたりながら推理、キツネの母親が越えた三つの山のブドウ園は作者の住む御津の吉尾（よしお）だと探索する。さらに子ギツネが「のどをならして食べた」ブドウは当時の新しい品種のマスカットオブアレキサンドリアに違いないと娘に話す。

作者の坪田文学愛と郷土愛が母娘の会話の中で優しく溶けあい、初々しい好エッセイとなった。

最後に審査員が持ち寄った佳作の作品名を作品当着順に上げよう。いずれも筆力のある方々。今後の入賞候補者として、精進を期待したい。

「『二つ荒手』のことから」「いまだ笛鳴りやまず」「あの山かの川」「散る桜」「足守川」「断捨離と遺品整理とコロナ後の世界」「大阪の空」「再会」「きらめきにつながって」「還暦のニコン」「踊り場で」「令和にみる岡山の養蚕」。

（文責・柳生）

■現代詩部門

今年の応募作品は三十七編でした。昨年より五編ほど少なかったのですが、短編小説のようなものや童話のようなものもあって、バラエティーに富んでいました。

審査員二名は、前もって十編の作品を選んでいて、その一編一編を検討しながら選考にあたりました。昨年、入選者なしだったので今年こそはと思ったのですが、三編とも揃ったレベルの作品はなかったので、今年も見送り、詩の多様性らも考慮しながら、佳作二編、準佳作三編を選びました。
○佳作
「三日月」「燈台」「緑閃光」

三編とも透明感のある独自の感性で、自分の内面を描きだした作品です。

鋭利な刃物のような三日月を隠しもった、私とあなたとの蒼白い情念は、夜空に在る三日月が見せた一瞬の幻だったかもしれない、そんな別れを描いた「三日月」も再生を繋ぐ「燈台」「緑閃光」も光をイメージした心象風景を描いた作品です。リアル感がない分、弱いのですが不思議な余韻が残ります。
○佳作
「汗だく」「呼吸困難」「ヒグラシ」

「汗だく」「呼吸困難」は先の見えないコロナ禍と夏の暑さに、どこにもぶつけようがない閉塞感や苛立ちを、荒削りな言葉で表現して効果的です。そしてたたみこんでいく言葉の運びもセミの声と呼応し、引き込まれてしまいそうです。タイムリーな作品で、共感できます。また「ヒグラシ」は夏の終わりのセミの声とあなたの死を重ねて情感あふれた詩ですが、少し整理した方が哀しみも鮮明になると思います。
○準佳作
「四月」「一匹の魚が私に言った」「羽化」

四月は新しく始まる月です。作者にとっても、もう一度信じて何かを始める今でもあるのでしょう。また人間のテクノロジーや驕りに警鐘を鳴らす一匹の魚も、羽化する蝉も発想が大胆でユニークでした。
○準佳作
「三月の晴れた日に　Ⅰ」「三月の晴れた日に　Ⅱ」「子宮」

六歳の少女のエネルギーが溢れている作品ですが、ⅠとⅡが同じ少女なので、変化がなかったように思います。「子宮」は命を繋ぐ女性の強さや痛み、喜びや悲しみの住処なのでしょう。娘の手のあたたかさが伝わってきます。
○準佳作
「花に命があるように」「泰緬鉄道C56型31号機関車」「父はどこへ行った」

三編とも命と向き合った作品です。靖国に詣でた時の経験も父の死も、生きて繋いだ命を、自分にどう繋げていこうかと、立ち止まって問うている真摯な姿勢に好感を覚えます。

来年もたくさんの作品に出会える事を願っています。さらなる挑戦を期待します。


（文責・日笠）

■短歌部門

応募された百五編の中に中学生の作品が十数編あり大変うれしいことであった。いずれも自分を真摯に見つめて真直ぐに表現されており、繊細な感性に心洗われる思いがした。今後もぜひ短歌を続けてほしい。この中から将来の大歌人が生まれる予感がする。

上位十数編の作品は拮抗していた。文法など基本的な瑕疵の無いことは当然として◎十首のテーマ性◎作者自身の体をくぐった言葉であるか◎作者の姿が見えるか、などを考慮しつつ審査員二人幾度も読み返し、時間をかけて慎重に審査した。

入選「落書きを消す」

格差社会を作者自身の体をくぐった言葉で具体的に歌っている。淡々と口語で軽く歌うことでむしろ静かな迫力をもって読者をひきつける。やり場のない現実だがひたむきに生きようとする作者が見える。

準佳作
①「言葉のいのち」
万葉言葉とともに今を生き継ぐ与論島の人々に焦点を当て、単なる旅行詠に終わらせていない。さわやかな南国の風や光の感じられる抒情ゆたかな一連だ。
②「まっしろ、まっくろに手をのばして」
大人たちに突き突ける中学生の思い・感情にたじろいだ。自分を客観視する冷静さがあり、その思いを表現する力もある。
③「農に生く」
具体的で細やかな表現により、読者も現場にいるかのような臨場感がある。骨格のしっかりした十首の構成であり、活力ある作者の姿が見える。
④「今日の買い物」
なんでもない所にも歌の素材はあるのだと思わせられる一連。今の市井の一場面を掬い取り、かすかなアイロニーを含ませつつ歌い一連に深みをうんだ。
⑤「鋭角の光」
夏の光のなかに過ぎた青春。読者も自分の青春をふと回想する。後半では眼前の少年らにかける期待か。透明感のある一連。

⑥「折々に」
風景に自身の心象を投影させて詠う力は確かだ。ただ無造作な題名が惜しまれる。題名も作品の一部です。

⑦「あそこまで」
きびしい農作業を歌いつつも明るさと活気があり、向日的な頼もしい作者の姿がある。

⑧「二〇二〇 夏」
手垢のついていない言葉、気どらない表現。上句から下句への転換にも実力を感じる。

⑨「千郁」
五十六年過ぎてなお褪せることのない亡き子への思いを適度に抑えて詠ってあり、作者の悲しみがさらに読者に迫る。

⑩「グアム島」
兵器や死者の数の具体的な表記によって作者の平和の希求が生半可ではないことが分かる。

その他惜しまれる作品として
「春のうたごゑ」「夏の日々」「行く場所」「岸辺の時間」「簡易郵便局」

（文責・野上）

■俳句部門

今年の応募作品は九十九編である。コロナ禍の大変な時期であったが、自然の豊かさを詠んだ作品が多かった。

審査員二名が、予め点数をつけて予選をして、審査当日に持ち寄って検討した。二人の審査員の感性の違いはあったが、大きく評価の異なる場合は、慎重に作品を鑑賞し意見を出し合って、納得した上で決定した。

作品を十八編に絞り込んで合評し、「メビウスの輪」「青兆す」「遠花火」「鳥影」の四編にさらに絞り込んだ。

発想の新しさ、表現の確かさ、十句全体の完成度を総合した結果、入選作は保留とし、「メビウスの輪」と「遠花火」を佳作として推すことに決定した（順番は先着順）。

入選に推せなかった理由は、「メビウスの輪」の場合、三句目の「春泥のタイヤ」の表現が、轍を示すのかタイヤその物を指すのか曖昧な点と、「メビウスの輪から飛び出す」の表現が、作品の流れの中で唐突で、十句全体の統一感を妨げている点である。休校となる学校の情報が、他の九句の中にあればよかったのかもしれない。全体的には句姿が美しく、抒情性豊かな点が大きく評価された。

「遠花火」は戦争の体験を思い出されての作品。俳句は「今」を詠うものと主張する俳人も多いが、「戦争」を風化させないためにも、このように「戦争」を素材として詠んで残していくことが大切だと考える。ただ、句材のインパクトに頼り、戦争本来の切なさ、抒情面が隠れてしまった点が惜しまれる。無季の句もあるが、「戦争」という大テーマで纏められた力量が大きく評価された。
以下、佳作・準佳作となった作品の中から、注目した作品を記して、推奨したい。
佳作「メビウスの輪」
学校の裏に切り立つ春の山
佳作「遠花火」
和尚にも赤紙が来て衣替え
準佳作1「青兆す」
蟻の死や外階段に日の差して
準佳作2「鳥影」
末黒野の一片となり鴉立つ
準佳作3「風光る」
ゆくところありて猫ゆく百閒忌
準佳作4「デカダンス」
ブランコの冷たく腐る熱帯夜
準佳作5「虫送り」
先頭は大数珠担ぎ虫送り
準佳作6「すべりひゆ」
古絵馬の乾びし音や冬近き
準佳作7「名残雪」
点滴の無音のリズム花の雨
準佳作8「小鳥来る」
店頭にとりどりの和紙小鳥来る
準佳作9「蝸牛」
ふるさとは太古の海か蝸牛
準佳作10「西瓜」
体温計とてふてふに耳敏くせる

（文責・柴田）

■川柳部門

応募総数九十三編はほぼ例年並み。二人の選者が数回の電話のやりとりの後、それぞれが選んだ十数編を持ち寄り半日かけて合評。上位三点まで絞り一度は決まりかけたが、その後の電話で順位が変わるなど難渋してやっと決めた。応募者の高齢化の故か既視感のある作品が多く、減点法的な選び方で上位が勝ち残ったという印象がぬぐえない。選者二人ともトップに推すには「屹立したレベルのものが無く心に響くものが感じられない」ということで一致、残念ながら入選は見送った。

今回はコロナ関連の句が相当あったが、それなりの評価。応募作品全体にいえることだが、題名と作品内容がバラバラのケースが少なくなかった。安易な中八や誤字脱字も散見された。例年言われていることだが、五七五の間を一字空けした作品や孫かわいい川柳が後を絶たない。文学選奨であるからには川柳作品の最低限の作法と心得てほしい。

【佳作】「人生譜」

躓いてからの景色がよく笑う

躓いてからの景色というフレーズは別段珍しいものではないが、よく笑うと締めたところが作者の人生観を垣間見せてくれる秀句。

抽出しに春のページがまだあった

パレットに明日の命を絞り出す

定型を守り通した人生譜

いずれもこなれた句で作者の力量がうかがえる。これといった欠点は無い。ただし表現している内容が順不同で並んでいる感じなのが残念。人生譜という題なら青春のころ、中年のころと時系列に詠んでストーリーを繋いでいたらワンランクアップもあったかもしれぬ。

【佳作】「結ぶ」

泥縄で生きた証の傷がある

多くの人が理路整然と生きているわけではない。日々の生活はばたばたしたもので失敗談も共感を呼ぶ句。

握る手を少し緩めた倦怠期

靴紐を結び直して聴くマーチ

人生の区切りに次のステップへの心意気のようなものが上手く表現できている。ただ「ネクタイを外してさあ呑もう友よ」の句で選者二人とも？

以下印象に残った句を紹介する。

【準佳作】

①「生きる」

希望した人生楽屋入りのまま

決心がついて整理の荷が重い

②「みそっかす」

校歌より僕らは赤胴鈴之助

グローブもボールも一個草野球

③「風の音」一直線飛行機雲を風が消す

④「地球の音」廻ってる地球の音が聴きたくて

⑤「昭和の薔薇」古釘を叩き伸ばした昭和の火

⑥「生命の連鎖」風神のはこぶ唐綿のふわふわ

⑦「沙羅の花」ふり返える度に変わってゆく流れ

⑧「春の色」古書店で泉を探す客となる

⑨「還暦」塞翁が馬で六十年は過ぎ

⑩「生きる」転んでも転んでも未だ生きられる

■童話・児童文学部門

燃えるような彼岸花が咲く頃、最終選考会を迎えた。ふと、「ごんぎつね」を思い出す。別世界へ誘う物語の醍醐味。何度も読み返したい作品が残ることを願って審査を始めた。

応募数は二十二点。内、一点が辞退した。童話は十二点。児童文学は九点。今年度より対象学年が添えられた。これまで、どんな年齢層を対象にするか曖昧だった童話と児童文学の境目が、はっきりと提示されたことになる。明記されたからには、対象者を意識しなくてはならない。童話ならば、おおよそ小学三年生までが理解できる内容や言葉遣い、構成であるのを留意されたい。

ところが応募作を読むと、鋭敏、襲撃、餌食など、幼年には難解な言葉、漢字が並ぶもの、童話というジャンルより、自己の体験を綴った記録、あるいは随筆作品もあり、もう一度、童話、児童文学がどのような文学であるかを熟読していただきたい思いを抱いた。

全ての作品を多角的に丁寧に検討し、次の二作品が最終候補に上がった。

童話『うちのママはロボットかも』十枚

まず、「うち」という一人称が、心の「裡」を兼ねるかのように内面を強く映し出す。関西弁の言い回しと等身大の視線が、主人公みかんの心の中をあぶり出す。呟く一言一言も読者を「そうそう、私も同感や」とグイグイ引き込んでゆく。やがて、口うるさいママへの反発は、「テレビでママというロボットを見た」と友人ゆり子から聞くことで、理想のママロボットへの憧れが膨らみ、ついに理想ママが登場する。だが、いつものハンバーグと違う完璧な味、物静かな姿に物足りなさを感じるみかん。口うるさくても本物のママが一番と悟る。惜しいのは、理想ママの様子が薄く、凡庸である。本物と理想ママの対比をページ配分を考え、独創的に濃く描いて欲しかった。また、理想のママロボットが来た経緯も曖昧である。構成の難はあるが、吸引力の妙はある。「うるさけれども親にまさるものはなし」の藤原審爾が蘇る。作者の可能性に期待したい。

児童文学『バラもりの庭』三十枚

大好きな祖母を亡くし悲しみに暮れるマリが、バラの育種家の男性と出会い、心を回復させてゆく物語。作者は物語の要素となるバラや鳥の材料は持っている。だが、二人のやりとりが材料重視で希薄になり、マリの心理変化も先が見える。そこに葛藤や反発、納得や展望など、マリの心の成長を丁寧に鮮やかに描いてほしかった。また要となる男性の人物像も把握しにくく、友人エイコと仲直りし協調する短絡的な結末にも無念さが残る。

検討を重ね、童話のみの佳作となった。他に、文章力のある『かなめ村の夏』、ユニークな『ピョっ子』、素直な『ふしぎなフライパン』にも注目した。ただ、応募作を読み、童話、児童文学とは子ども相手の浅いものという印象も否めなかった。その思い込みは類型的なものしか生み出さない。多くの作品に触れていただきたいと願う。また、作風が会話調なのも時流だろう。しかし、新美南吉のような静かに言の葉が胸に舞い降りる作品にも出会いたいものだと切に願った。

（文責・片山）

岡山県文学選奨年譜一覧

昭和四十一年度（第1回）

部門	題名	入賞者名	応募者数	審査員
小説	「ふいご峠」	赤木けい子（入選）	三九	小野東 梶並訓生
詩	「土の星」「廊下」 「松」「夏の遍歴」	三沢浩二（入選） （三澤信弘）	四六	山本遺太郎 吉塚勤治
短歌	該当なし		一三五	岡崎林平 宇野善三
俳句	「雑詠」	赤沢千鶴子（入選）	二四七	谷口古杏 辻濛雨

総合審査　高山峻
　　　　　松岡良明

昭和四十二年度（第2回）

部門	題名	入賞者名	応募者数	審査員
小説	「襤褸記」	峰　一矢（佳作） （岡崎　速）	二四	小野　東 矢野万里
	「坂崎出羽守」	沖野　杏子（佳作） （原　絢子）		
詩	「ラウゼンバーグの……ぶらさげられた靴」	藤原菜穂子（入選）	五八	山本遺太郎 永瀬清子
短歌	「夫病みて」	中島　睦子（入選）	一四六	杉　鮫太郎 岡崎林平
俳句	「雑　詠」	須並　一衛（入選）	一五四	谷口古杏 梶井枯骨

総合審査　高山　峻
　　　　　松岡良明

昭和四十三年度（第3回）

部門	題名	入賞者名	応募者数	審査員
小説	「暈囲」	礼　応仁（佳作）	三一	小野　東
	「長い堤」	山下　和子（佳作）		赤木けい子
詩	「秋のかかとが離れると」	小坂由紀子（佳作）	六四	山本遺太郎
	「花」	安達　純敬（佳作）		吉田　研一
短歌	「薔薇日記抄」	田淵佐智子（入選）	一六九	服部　忠志 生咲　義郎
俳句	「雑詠」	雑賀　星杖（入選）	二〇四	平松　措大 三木　朱城

総合審査　高山　峻
　　　　　松岡　良明

昭和四十四年度（第4回）

部門	題名	入賞者名	応募者数	審査員
小説	「しのたけ」	片山ひろ子（入選） （全子）	一二	小野東 山本遺太郎
詩	「声」「水槽の中」 「水止めの上で」	なんばみちこ（入選） （難波道子）	二六	永瀬清子 坂本明子
短歌	「雑詠」	小山宣子（入選） （宣）	五〇	大岩徳二 小林貞男
俳句	「雑詠」 「雑詠」	田村一三男（佳作） 小合千絵女（佳作） （智恵子）	七〇	三木朱城 梶井枯骨

総合審査　高山峻
松岡良明

昭和四十五年度（第5回）

部門	題名	入賞者名	応募者数	審査員
小説	「母の世界」	浜野　博（佳作）	二一	小野　東 赤木けい子
	戯曲「鏡」	富永淑子（佳作）		
詩	「わたしはレモンを掌にのせて」 「夜あけの炊事場で」 「薔薇のエスキス」	入江延子（入選）	三〇	永瀬清子 山本遺太郎
短歌	「無　題」	芝山輝夫（入選）	八六	服部忠志 小林貞男
俳句	「生　国」 「無　題」	竹本健司（佳作） 田上　孝（佳作）	九七	梶井枯骨 中尾吸江
川柳	「花好き」	三宅武夫（入選）	一三八	大森風来子 丸山弓削平

総合審査　高山　峻
　　　　　松岡良明

昭和四十六年度（第6回）

部門	題名	入賞者名	応募者数	審査員
小説	「武将の死」（テレビ・シナリオ）	吉井川 洋（入選）（藤本勝美）	二九	小野 東 山本 遺太郎
詩	地を踏みしめる三つの詩「河底の岸」「薄明」「夜の視線」	壺坂 輝代（入選）	二八	永瀬 清子 坂本 明子
短歌	「農のあけくれ」	寺尾 生子（入選）	一一九	小林 貞男 生咲 義郎
俳句	「梅はやし」	小寺 無住（入選）（清志）	一一九	中尾 吸江 小寺 古鏡
川柳	「白い杖」	島 洋介（入選）	一一九	丸山 弓削平 大森 風来子

総合審査 高山 峻
森岡 常夫

昭和四十七年度（第7回）

部門	題名	入賞者名	応募者数	審査員
小説	「蒼き水流」	林　あや子（入選） （章子）	二二	小野　東 赤木けい子
詩	まんねんろうの花 「砂漠の底にというまんねんろうの花を求めて」 「落下」「目」 飛翔への賛歌 「鳥」「根」「渇」	岡　隆夫（佳作） （古川） 井上けんじ（佳作） （憲璽）	四七	山本遺太郎 坂本明子
短歌	「白き斑紋」	三戸　保（入選）	一四八	生咲義郎 上代皓三
俳句	「無　題」 「無　題」	小池　和子（佳作） 黒住　文朝（佳作） （文三郎）	一二三	小寺古鏡 藤原大二
川柳	「無　題」	長谷川紫光（入選） （光寛）	二五四	逸見灯竿 浜田久米雄

総合審査　高山　峻
　　　　　森岡常夫

昭和四十八年度（第8回）

部門	題名	入賞者名	応募者数	審査員
小説	「ふるさとの歌」	黒田馬造（入選） （馬三）	二九	小野東 赤木けい子
詩	「夕暮のうた」「鐘乳洞で」 「直立するものとの対話」 「ひらかな」「黒い太陽」 「わらべ」	赤木真也（佳作） 松枝秀文（佳作）	五五	山本遺太郎 入江延子
短歌	「猿の腰掛」	かんだかくお（入選） （菅田角夫）	一五三	服部忠志 上代皓三
俳句	「藁火」	本郷潔（入選）	一二二	竹本健司 梶井枯骨
川柳	「父」	光岡早苗（入選）	二三〇	逸見灯竿 浜田久米雄

総合審査　高山峻
森岡常夫

昭和四十九年度（第9回）

部門	題名	入賞者名	応募者数	審査員
小説	「護法実」	丸山弓削平（入選）（肇）	三三	小野東 山本遺太郎
詩	「水杯（帰国者の手紙Ⅰ）」 「ポプラ（〃Ⅱ）」 「鉄橋（〃Ⅲ）」	石蔵和紘（入選）（森本浩介）	五六	永瀬清子 入江延子
短歌	「窓辺の風」	浜崎達美（入選）	一五四	服部忠志 川野弘之
俳句	「雑詠」 「雑詠」	釵持杜宇（入選）（文彦） 細川子生（入選）（正一）	一三九	小寺古鏡 藤原大二
川柳	「無題」	東一歩（入選）	一九三	逸見灯竿 大森風来子

総合審査　高山峻
　　　　　赤羽学

昭和五十年度（第10回）

部門	題名	入賞者名	応募者数	審査員
小説	「非常時」	土屋　幹雄（入選）	二二	小野　東 山本　遺太郎
詩	「季　節」「土の口伝」 「壁のなかの海」	杉本　知政（入選）	六三	永瀬　清子 吉田　研一
短歌	「母逝きぬ」	花川　善一（入選）	一六九	川野　弘之 安立　スハル
俳句	「黒富士」	岡　露光（入選）	一五四	小寺　古鏡 田村　萱山
川柳	「禁断の実」	高田よしお（入選）	一八七	大森　風来子 水粉　千翁
童話	「夏のゆめ」	三土　忠良（入選）	四三	岡　一太 稲田　和子

総合審査　高山　峻
　　　　　赤羽　学

昭和五十一年度（第11回）

部門	題名	入賞者名	応募者数	審査員
小説	「少年と馬」	船津祥一郎（入選）	二五	小野　東 山本遺太郎
詩	「翼について〝蛇〟〝鳥〟」「鶏」「めざめよと声が」	森崎　昭生（昭男）（入選）	五八	吉田研一 坂本明子
短歌	「春夏秋冬」	赤沢　郁満（入選）	一七八	服部忠志 安立スハル
俳句	「水　光」	西村　舜子（入選）	一一一	竹本健司 阿部青鞋
川柳	「乾いた傘」	西　山茶花（日出子）（入選）	一四二	丸山弓削平 水粉千翁
童話	「春本君のひみつ」	松本　幸子（入選）	三三	岡　一太 稲田和子

総合審査　高山　峻
　　　　　赤羽　学

昭和五十二年度（第12回）

部門	題名	入賞者名	応募者数	審査員
小説	「吹風無双流」	難波　聖爾（入選）	二七	小野　東 山本遺太郎
詩	声のスペクトラム 「歌う声」「励ましの声」 「答える声」	悠紀あきこ（入選） （井元明子）	五四	坂本明子 入江延子
短歌	「斑　鳩」	植田　秀作（入選）	一七三	服部忠志 川野弘之
俳句	「盆の母」	平松　良子（入選）	一四五	小寺古鏡 梶井枯骨
川柳	「土の呟き」	藤原　健二（入選）	一一五	丸山弓削平 大森風来子
童話	「マーヤのお父さん」	和田　英昭（入選）	三五	岡　一太 三土忠良

総合審査　高山　峻
　　　　　赤羽　学

昭和五十三年度（第13回）

部門	題名	入賞者名	応募者数	審査員
小説	「とこしえ橋」 「吉備稚姫（きびのわかひめ）」	石井　恭子（佳作） 多田　正平（佳作）	二九	小野　東 山本遺太郎
詩	「蔦のからまる家」 「鬼火のゆれる家」 「光を孕む家」	中原みどり（入選） （山上）	四四	入江延子 三沢浩二
短歌	「二十余年」	原田　竹野（入選）	一二五	生咲義郎 川野弘之
俳句	「雑　詠」	重井　燁子（入選）	一九一	竹本健司 田村萱山
川柳	「忘れ貝」	谷川　酔仙（入選） （忠廣）	一四九	大森風来子 水粉千翁
童話	「花かんむり」	石見真輝子（入選）	二九	三土忠良 稲田和子

総合審査　高山　峻
赤羽　学

昭和五十四年度（第14回）

部門	題名	入賞者名	応募者数	審査員
小説	「五兵衛」	山名 淳（入選） （岸 正儀）	二六	小野 東 山本 遺太郎
詩	「花」「夜の部屋」「月明かり」	今井 文世（入選）	六三	吉田 研一 三沢 浩二
短歌	「麻痺を嘆かふ」	福岡 武（入選） （武男）	一七二	生咲 義郎 安立 スハル
俳句	「雑 詠」	西村 牽牛（入選） （里美）	一七五	竹本 健司 田村 萱山
川柳	「冬の独楽」	西条 真紀（入選） （長町生子）	一五二	水粉 千翁 長谷川 紫光
童話(高)	「めぐみの〈子供まつり〉」	まつだのりよし（入選） （松田範祐）	二〇	三土 忠良 稲田 和子
童話(低)	「むしのうんどうかい」	成本 和子（入選）	三一	

総合審査 高山 峻
赤羽 学

昭和五十五年度（第15回）

部門	題名	入賞者名	応募者数	審査員
小説	「鼻ぐりは集落に眠れ」	楢崎三平（入選）（三郎）	二八	小野東 山本遺太郎
詩	「海からの電話」「未生の空」「透明な花」	成本和子（入選）	六一	金光洋一郎 三沢浩二
短歌	「臨床検査室」	中島義雄（入選）	一七六	生咲義郎 小林貞男
俳句	「田鶴」	光畑浩（入選）	一八九	竹本健司 中尾吸江
川柳	「みずいろの月」 「十年夫婦」	前原勝郎（佳作） 小橋のぼる（佳作）（英昭）	一四〇	大森風来子 長谷川紫光
童話	「流れのほとり」	坪井あき子（入選）	四九	平尾勝彦 稲田和子

総合審査　高山峻
赤羽学

昭和五十六年度（第16回）

部門	題名	入賞者名	応募者数	審査員
小説	「つわぶき」	深谷てつよ（佳作） （生咲千穂子）	一五	小野　東 山本遺太郎
詩	「太一の詩」 「陣痛の時」「分娩室」 「ふたり」	森山　勇（佳作） 吉田博子（入選）	三三	金光洋一郎 永瀬清子
短歌	「筆硯の日々」	鳥越典子（入選）	一四一	服部忠志 小林貞男
俳句	「雑　詠」	難波白朝（入選） （静治）	一九六	小寺古鏡 中尾吸江
川柳	「影の父」	土居哲秋（入選） （哲夫）	一四三	大森風来子 丸山弓削平
童話	「霧のかかる日」 「黄色いふうせん」	小椋亜紀（佳作） （貞子） 森　真佐子（佳作）	三六	平尾勝彦 三土忠良

総合審査　高山　峻
　　　　　赤羽　学

昭和五十七年度（第17回）

部門	題名	入賞者名	応募者数	審査員
小説	「つばめ」	梅内ケイ子（入選）	二二	小野東 山本遺太郎
詩	「野良道から」 「今朝、納屋壁に」 「冬の朝から」	高田千尋（入選）	四四	永瀬清子 金光洋一郎
短歌	「鎌の切れ味」	菅田節子（入選）	一三八	服部忠志 中島義雄
俳句	「雑詠」	小林千代（入選）	一四三	中尾吸江 小寺古鏡
川柳	「女」	辻村みつ子（入選）	一二二	大森風来子 水粉千翁
童話	「めぐちゃんとつるのふとん」 「二人は桑畑に」	足田ひろ美（ひろみ）（佳作） 福岡奉子（佳作）	三六	三土忠良 成本和子

総合審査　高山峻　赤羽学

昭和五十八年度（第18回）

部門	題名	入賞者名	応募者数	審査員
小説	「帰郷」	長瀬加代子（佳作）	三〇	小野東 山本遺太郎
詩	オード・生命記憶 「生命記憶」「結ばれ」「夏の涙」	苅田日出美（入選）	五五	永瀬清子 三沢浩二
短歌	「機場にて」	高原康子（入選）	一二六	塩田啓二 中島義雄
俳句	「雑詠」	河野以沙緒（伊三男）（入選）	一二七	竹本健司 中尾吸江
川柳	「道しるべ」	小野克枝（入選）	九七	長谷川紫光 水粉千翁
童話	「だんまりぼくと おかしなあいつ」	八束澄子（入選）	四四	成本和子 三土忠良

総合審査　高山峻
　　　　　赤羽学

昭和五十九年度（第19回）

部門	題名	入賞者名	応募者数	審査員
小説	「氾濫現象」	山本　森（入選） （小野通男）	五〇	山本遺太郎 入江延子
現代詩	「わたしが住む場所」 「山は梅雨に入った」 「ゆめばかりで寝すごす」	木澤　豊（入選） （多田）	六〇	永瀬清子 三沢浩二
短歌	「癌を病む姉」	佐藤みつゑ（入選）	一六〇	塩田啓二 中島義雄
俳句	「藪柑子」	北山　正造（入選） （幸雄）	一七一	梶井枯骨 竹本健司
川柳	「花一輪」	吉田　浪（入選）	一一七	長谷川紫光 大森風来子
童話	「ヒロとミチコとなの花号」 「ようちえんなんかいくもんか」	足田ひろ美（佳作） （ひろみ） いわどうゆみこ（佳作） （岩藤由美子）	五五	三土忠良 成本和子

総合審査　高山　峻
赤羽　学

昭和六十年度（第20回）

部門	題名	入賞者名	応募者数	審査員
小説	「蟬」	森本　弘子（入選）	四〇	山本遺太郎 入江　延子
詩	「いる」「朝に」「架ける」 「水蜜桃(1)」「水蜜桃(2)」 「水蜜桃(3)」	境　　節（佳作） （松本道子） 日笠芙美子（佳作）	八〇	永瀬　清子 吉田　研一
短歌	「兄の死前後」	鳥越　静子（入選）	一五二	服部　忠志 中島　義雄
俳句	「初　燕」	藤井　正彦（入選）	一七二	梶井　枯骨 竹本　健司
川柳	「花によせて」	田中　末子（入選）	一四八	大森風来子 長谷川紫光
童話	「ハーモニカを吹いて」	西田　敦子（入選）	五七	稲田　和子 成本　和子

総合審査　高山　峻
　　　　　赤羽　学

昭和六十一年度（第21回）

部門	題名	入賞者名	応募者数	審査員
小説	「名物庖丁正宗」	桑元　謙芳（佳作）	三七	山本　遺太郎 入江　延子
現代詩	「花座標」「しぐれ模様」「植物譚」	陶山えみ子（入選） （黒田）	五五	永瀬　清子 三沢　浩二
短歌	「うつし絵の人」	白根美智子（入選）	一四七	塩田　啓二 中島　義雄
俳句	「雑　詠」	春名　暉海（入選）	一四三	小寺　古鏡 竹本　健司
川柳	「独りの四季」	中山あきを（入選） （秋夫）	一三三	大森　風来子 長谷川　紫光
童話	「ぼくの30点」	足田ひろ美（入選） （ひろみ）	五八	三土　忠良 成本　和子

総合審査　片山　嘉雄
赤羽　学

昭和六十二年度（第22回）

部門	題名	入賞者名	応募者数	審査員
小説	「表具師精二」	妹尾与三二（入選）	四一	山本遺太郎 入江延子
現代詩	「壁」「窓」「地図」	下田チマリ（入選） （佐藤知万里）	四九	三沢浩二 岡隆夫
短歌	「農に老ゆ」	六条院秀（入選） （松枝秀文）	一四三	小林貞男 塩田啓二
俳句	「雑詠」	丸尾助彦（入選）	一三四	小寺古鏡 宇佐見蘇骸
川柳	「ははよ」 「機関車よ、貨車よ」	尾高比呂子（佳作） （弘子） 木下草風（佳作） （戡嘉）	九六	大森風来子 長谷川紫光
童話	「春一番になれたなら」	森本弘子（入選）	三六	三土忠良 成本和子

総合審査　片山嘉雄
　　　　　赤羽学

昭和六十三年度（第23回）

部門	題名	入賞者名	応募者数	審査員
小説	「残　光」	倉坂　葉子（入選）（山下和子）	二七	入江　延子 難波　聖爾
現代詩	「エキストラ」「オカリナ」 「廃校」	三船　主恵（佳作）	五四	岡　隆夫 坂本　明子
	「舞台」「姿勢」「鍋」	長谷川節子（佳作）（室谷）		
短歌	「日本は秋」	飽浦　幸子（入選）	一四五	小林　貞男 安立　スハル
俳句	「雑　詠」	國貞たけし（佳作）（武士）	一四六	宇佐見蘇骸 中尾　吸江
	「円空佛」	赤尾冨美子（佳作）		
川柳	「想　い」	小川　佳泉（入選）（佳彦）	九九	長谷川紫光 寺尾　俊平
童話	「ぼく達のＷＨ局」	吉沢　　彩（入選）（山田康代）	三六	成本　和子 平尾　勝彦

総合審査　片山　嘉雄
　　　　　山本　遺太郎

平成元年度（第24回）

部門	題名	入賞者名	応募者数	審査員
小説	「アベベの走った道」	櫟元　健（入選）（河合健次朗）	三八	難波聖爾 赤木けい子
現代詩	「村」「浮く」「濁流」 「死の形」「希望採集」 「花のいけ贄」	田中郁子（佳作） 岡田幸子（佳作）	四六	坂本明子 金光洋一郎
短歌	「ふるさとの海」	同前正子（入選）	一三八	小林貞男 服部忠志
俳句	「比叡の燈」	國貞たけし（入選）（武士）	一五三	中尾吸江 出井哲朗
川柳	「秋の地図」	近藤千恵子（入選）	九五	寺尾俊平 濱野奇童
童話	「なんだかへんだぞ ペッコンカード」	いわどうゆみこ（入選）（岩藤由美子）	三四	平尾勝彦 稲田和子

総合審査　片山嘉雄
　　　　　山本遺太郎

平成二年度（第25回）

部門	題名	入賞者名	応募者数	審査員
小説	該当なし		四一	赤木けい子 入江延子
現代詩	「ヘビシンザイの根」「ナスの花」「虹」	田中郁子（入選）	四七	金光洋一郎 三沢浩二
短歌	「ピノキオ」	金森悦子（入選）	一六九	服部忠志 中島義雄
俳句	「鉾杉」	中山多美枝（入選）	一七四	宇佐見蘇骸 赤尾冨美子
川柳	「葦」	寺尾百合子（入選）	一〇八	濱野奇童 大森風来子
童話	「幻のホームラン」	内田収（佳作）	三五	稲田和子 三土忠良

総合審査　片山嘉雄
　　　　　山本遺太郎

平成三年度（第26回）

部門	題名	入賞者名	応募者数	審査員
小説A	「流れる」	坪井あき子（入選）	二二	入江延子
小説B	「斎場ロビーにて」	大月綾雄（佳作）	二三	難波聖爾
現代詩	「蛹」「八十八年」「自立」	岡田幸子（入選）	四二	三沢浩二 永瀬清子
短歌	「慙悸の冬」	関内惇（入選） （横山猛）	一六一	中島義雄 塩田啓二
俳句	「うすけむり」	三村紘司（入選） （宏二）	一六一	宇佐見蘇骸 赤尾冨美子
川柳	「ゆく末」	余田加寿子（入選） （神谷嘉寿子）	九六	大森風来子 長谷川紫光
童話	「トンボ」	小野信義（入選）	三三	三土忠良 成本和子

総合審査　片山嘉雄
　　　　　山本遺太郎

平成四年度（第27回）

部門	題名	入賞者名	応募者数	審査員
小説A	「星　夜」	大月　綾雄（佳作）	一九	難波　聖爾
小説B	「姥ゆり」	石原　美光（佳作） （美廣）	二一	妹尾　与三二
現代詩	「私は海を恋しがる」 「私という船」 「人を好きになる場所」	小椋　貞子（入選）	五七	永瀬　清子 岡　隆夫
短歌	「婦長日記抄（続）」	鳥越伊津子（入選）	一三五	塩田　啓二 小林　貞男
俳句	「検　屍」	浦上　新樹（入選） （新一郎）	一六一	出井　哲朗 細川　子生
川柳	「残り火」	谷川　渥子（入選）	一〇六	長谷川　紫光 西　山茶花
童話	「あと十五日」	植野喜美枝（入選）	三九	成本　和子 松田　範祐

総合審査　片山　嘉雄
山本　遺太郎

平成五年度（第28回）

部門	題名	入賞者名	応募者数	審査員
小説A	「こおろぎ」	内田　收（佳作）	一九	妹尾与三二
小説B	「秋の蝶」	大月　綾雄（入選）	二八	入江延子
現代詩	「記憶の扉」「影」「春の夢」	西川　はる（入選）（森　貴美代）	四八	岡　隆夫 坂本明子
短歌	「秋日抄」	佐藤　常子（入選）	一一九	小林貞男 小見山　輝
俳句	「螢　袋」	花房八重子（入選）	一五九	出井哲朗 細川子生
川柳	「温い拳骨」	本多　茂允（入選）（茂）	一〇二	西　山茶花 濱野奇童
童話	「桑の実」	仁平　米子（入選）（米）	四三	松田範祐 稲田和子

総合審査　片山嘉雄
三沢浩二

平成六年度（第29回）

部門	題名	入賞者名	応募者数	審査員
小説A	該当なし		二六	入江延子
小説B	「黄の幻想」	小谷　絹代（佳作）	二四	山下和子
現代詩	「年輪」「根の窟」「盆の宴」	谷口よしと（入選）（淑人）	五二	坂本明子 杉本知政
短歌	「パリ祭」	光本　道子（入選）	一三七	中島義雄 川野弘之
俳句	「太陽も花」	佐野十三男（入選）	一六二	赤尾冨美子 竹本健司
川柳	「通り雨」	関山　野兎（入選）（徹）	一〇〇	濱野奇童 寺尾俊平
童話	該当なし		四三	稲田和子 三土忠良

総合審査　片山嘉雄
　　　　　三沢浩二

平成七年度（第30回）

部門	題名	入賞者名	応募者数	審査員
小説A	該当なし		二三	難波聖爾
小説B	「過ぎてゆくもの」	長尾邦加（邦子）（佳作）	四二	船津祥一郎
現代詩	「天啓」「微熱」「異空へ」	小舞真理（入選）	六一	坂本明子 金光洋一郎
短歌	「風渡る」	戸田宏子（入選）	一二一	小林貞男 中島義雄
俳句	「サハラの春」	児島倫子（入選）	一五五	竹本健司 中尾吸江
川柳	「ポケットの海」	福力明良（入選）	一一一	大森風来子 長谷川紫光
童話	「これからの僕たちの夏」	片山ひとみ（入選）	四六	三土忠良 成本和子

総合審査　片山嘉雄
三沢浩二

平成八年度（第31回）

部門	題名	入賞者名	応募者数	審査員
小説A	該当なし		一四	難波聖爾
小説B	該当なし		五一	船津祥一郎
現代詩	「ことばの地層Ⅰ・言霊」「ことばの地層Ⅱ・私の上にひろがる空」「西日」	坂本　遊（幸子）（佳作）	六七	金光洋一郎
	「十一月の朝」「薔薇が」「わたしを生かしているものの前に」	高山秋津（由城子）（佳作）		杉本知政
短歌	「大氷河」	高田清香（入選）	一一二	小林貞男 塩田啓二
俳句	「サングラス」	丸尾　凡（行雄）（入選）	一五〇	竹本健司 赤尾冨美子
川柳	「ひとりの旅」	則枝智子（入選）	一二九	大森風来子 土居哲秋
童話	「二人のリタ」	亀井壽子（入選）	三八	成本和子 松田範祐

総合審査　片山嘉雄
　　　　　三沢浩二

平成九年度（第32回）

部門	題名	入賞者名	応募者数	審査員
小説A	「大空に夢をのせて」	一色良宏（入選）	一九	桑元謙芳
小説B	「初冠雪」	溝井洋子（佳作）	四七	山本森平
現代詩	「ブライダルベールの花が」「ささがき」「日曜日の朝」	畑地泉（入選）	六九	杉本知政 岡隆夫
短歌	「老の過程」	丸尾行雄（入選）	一〇七	塩田啓二 中島義雄
俳句	「風の行方」	生田作（入選）（穎作）	一七〇	赤尾冨美子 宇佐見蘇骸
川柳	「雑詠」	小澤誌津子（入選）（志津子）	一四一	土居哲秋 寺尾俊平
童話	「タコくん」	北村雅子（入選）	四三	松田範祐 稲田和子

総合審査　片山嘉雄
　　　　　三沢浩二

平成十年度（第33回）

部門	題名	入賞者名	応募者数	審査員
小説A	該当なし		二〇	桑元謙芳
小説B	該当なし		四五	山本森平
現代詩	「三十分前」「オレンジロード」「いそぎんちゃく」	片山ひとみ（入選）	六七	岡　隆夫 なんば　みちこ
短歌	「ゑのころ草」	野上　洋子（入選）	一二二	中島義雄 直木田鶴子
俳句	「水ねむらせて」	後藤　先子（入選）	一六六	宇佐見蘇骸 平松良子
川柳	「嵐の夜」	柴田夕起子（入選）	一二六	長谷川紫光 土居哲秋
童話	「テトラなとき」	村井　恵（入選）	四七	稲田和子 足田ひろ美

総合審査　片山嘉雄
　　　　　三沢浩二

平成十一年度（第34回）

部門	題名	入賞者名	応募者数	審査員
小説A	「じじさんの家」	長尾邦加（入選）（邦子）	三一	難波聖爾 横田賢一
小説B	「イモたちの四季」 「猫の居場所」	小野俊治（佳作） 坂本遊（佳作）（幸子）	四〇	山本森平 片山ひろこ
現代詩	「礼の道しるべ」「石竜は眠る」 「あげは蝶幻夢」	日笠勝巳（入選）	五二	なんばみちこ 坂本明子
短歌	「樹木と私」	勝瑞夫己子（入選）	一一八	直木田鶴子 吉崎志保子
俳句	「山に雪」	栗原洋子（入選）	一六一	平松良子 竹本健司
川柳	「母の伏せ字」	堀田浜木綿（入選）（幸子）	一三四	長谷川紫光 濱野奇童
童話（高）	「コウちゃんのおまもり」	水木あい（入選）（水川かおり）	三九	足田ひろ美 三土忠良

総合審査　片山嘉雄
　　　　　三沢浩二

平成十二年度（第35回）

部門	題名	入賞者名	応募者数	審査員
小説A	「父」	藤田　澄子（入選）	二〇	難波　聖爾 船津祥一郎 横田　賢一 山本　森平 坂本　明子 秋山　基夫 吉崎志保子 塩田　啓二 竹本　健司 赤尾冨美子 濱野　奇童 西条　真紀 三土　忠良 成本　和子
小説B	「見えないザイル」	島原　尚美（佳作）	五四	
現代詩	「バイオアクアリウム」「蛍」「さまざま家」	山田輝久子（入選）	五五	
短歌	「月の輪郭」	岡本　典子（入選）	九七	
俳句	「大根」	前田　留菜（セツ子）（入選）	一五七	
川柳	「遠花火」	谷　智子（入選）	一二一	
童話（高）	「ばらさんの赤いブラウス」	永井　群子（佳作）	三一	
童話（高）	「ランドセルはカラス色」	堀江　潤子（佳作）		

総合審査　片山嘉雄
　　　　　三沢浩二

平成十三年度（第36回）

部門	題名	入賞者名	応募者数	審査員
小説A	「それぞれの時空」	早坂　杏（入選）（延谷由加里）	二五	船津祥一郎 横田賢一
小説B	「ミロ」	為房梅子（佳作）	四五	大月綾雄
	「ニライカナイ」	川井豊子（佳作）		長尾邦加
現代詩	「いつかの秋」「船」	合田和美（入選）	五六	秋山基夫
	「空飛ぶ断片　FLYING FRAGMENTS」			岡　隆夫
短歌	「夫の急逝」	濵田みや子（入選）	一〇四	塩田啓二 中島義雄
俳句	「まなざし」	光吉高子（入選）	一六八	赤尾冨美子 平　春陽子
川柳	「亡友よ」	東　おさむ（入選）（修二）	一一五	土居哲秋 西条真紀
童話（低）	「五ひきの魚」	永井群子（佳作）	四二	成本和子
	「ハクモクレンのさくころ」	玉上由美子（佳作）		稲田和子

総合審査　片山嘉雄
三沢浩二

平成十四年度（第37回）

部門	題名	入賞者名	応募者数	審査員
小説A	「母の秘密」	片山　峰子（入選）	三二	難波聖爾 山本森平
小説B	「母の遺言」	長瀬加代子（入選）	五六	大月綾雄 長尾邦加
現代詩	「箱をあけられない —マザーグース風に—」 「つくばい」「しだれ桜の樹の下で」	河邉由紀恵（入選）	七三	秋山基夫 なんばみちこ
短歌	「病室の窓」	勝山　秀子（入選）	一一一	中島義雄 飽浦幸子
俳句	「空容れて」	山本　二三（入選）	一七一	平　春陽子 竹本健司
川柳	「サンタ来る」	井上　早苗（入選）	九九	土居哲秋 長谷川紫光
童話(高)	「アップルパイよ、さようなら」	藤原　泉（佳作）	六一	稲田和子 あさのあつこ
童話(低)	「記憶どろぼう」	長瀬加代子（佳作）		

総合審査　三沢浩二
　　　　　岡　隆夫

平成十五年度（第38回）

部門	題名	入賞者名	応募者数	審査員
小説A	「サクラ」	宮井　明子（佳作）	二五	難波　聖爾 山本　森平
小説B	「旅人の墓」	白神由紀江（佳作）	四四	長尾　邦加 片山　峰子
現代詩	「時分時（ジブンドキ）」 「破水」 「俯瞰」	長谷川和美（入選）	五十	なんば・みちこ 山田　輝久子
短歌	「祈りむなしく」	池田　邦子（入選）	九八	飽浦　幸子 能見　謙太郎
俳句	「何に追はれて」	吉田　節子（入選）	一五二	竹本　健司 柴田　奈美
川柳	「桜いろの午後」	江尻　容子（入選）	一〇六	長谷川　紫光 石部　明
童話（高）	「蛍のブローチ」	川島　英子（入選）	四一	足田　ひろ美 松田　範祐

総合審査　三沢　浩二
岡　隆夫

平成十六年度（第39回）

部門	題名	入賞者名	応募者数	審査員
小説A	該当なし		二六	船津祥一郎 横田賢一
小説B	「骨の行方」	諸山　立（入選） （松本　勝也）	四二	大月綾雄 片山峰子
現代詩	「パン屋・ガランゴロン」 「あきまにゅある」 「ばらばい」	みごなごみ（入選） （岡田　和也）	五二	山田輝久子 瀬崎　祐
短歌	「夕映え」	難波　貞子（入選）	九七	塩田啓二 能見謙太郎
俳句	「夏の果」	古川　麦子（入選） （美恵子）	一二九	竹本健司 柴田奈美
川柳	「遠景」	草地　豊子（入選）	一〇〇	岡田千茶 石部　明
童話（高）	「杉山こうしゃく」	山田千代子（入選）	四四	足田ひろ美 松田範祐

総合審査　三沢浩二
　　　　　岡　隆夫

平成十七年度（第40回）

部門	題名	入賞者名	応募者数	審査員
小説A	該当なし		一九	船津祥一郎 横田賢一
小説B	「蛍」 「ごんごの淵」	江口　佳延（佳作） 石原　美光（佳作） （美廣）	五六	大月綾雄 山本森平
現代詩	「瓶の蓋」 「二途」 「変異」	長谷川和美（入選）	五〇	今井文世 瀬崎　祐
短歌	「数字」	大熨　允子（入選）	一〇二	塩田啓二 石川不二子
俳句	「蕎麦の花」 「雛の市」	利守　妙子（佳作） 藤原美恵子（佳作）	一三六	平松良子 花房八重子
川柳	「昏の夕景色」	西村みなみ（入選） （美智子）	九四	岡田千茶 土居哲秋
童話（低）	「ようこそ　からオケハウスへ」 「風の電話」	片山ひとみ（佳作） 永井　群子（佳作）	四五	三土忠良 成本和子

総合審査　三沢浩二
　　　　　岡　隆夫

平成十八年度（第41回）

部門	題名	入賞者名	応募者数	審査員
小説A	「水底の街から」	諸山　立（入選）（松本勝也）	一六	難波聖爾 山本森平
小説B・随筆	「遺伝染色体の雨の中で啓示を待つ」—工藤哲巳さんの想い出—	中川　昇（佳作）	四五	大月綾雄 片山峰子
	「呼び声」	谷　敏江（佳作）		
現代詩	「川」「雨」「箒」	斎藤恵子（入選）	五九	今井文世 壷阪輝代
短歌	「足袋の底裂きて」	奥野嘉子（入選）	九四	石川不二子 能見謙太郎
俳句	「古備前」	笹井　愛（入選）（愛子）	一三九	平松良子 花房八重子
川柳	「洗い髪」	萩原安子（入選）	九八	土居哲秋 長谷川紫光
童話（高）	「白いコスモス」	中嶋恭子（入選）（中島恭子）	三四	三土忠良 成本和子

総合審査　塩田啓二
　　　　　岡　隆夫

平成十九年度（第42回）

部門	題名	入賞者名	応募者数	審査員
小説A	「沼に舞う」 「かわりに神がくれたもの」	江口ちかる（佳作） （佳延） 古井らじか（佳作） （宮井明子）	二〇	難波聖爾 山本森平
小説B・随筆	「田舎へ帰ろう」	石原　美光（入選） （美廣）	五三	片山峰子 諸山　立
現代詩	「燐寸を擦る」「蚊帳が出てきた」 「音」	高山　秋津（入選） （由城子）	三七	沖長ルミ子 壷阪輝代
短歌	「暮れきるまでに」	三皷奈津子（入選）	一一六	飽浦幸子 能見謙太郎
俳句	「山笑ふ」	金尾由美子（入選）	一三一	大倉祥男 竹本健司
川柳	「珈琲」	河原　千壽（入選） （千壽子）	一〇七	石部　明 長谷川紫光
童話（高）	「オーケストラ」	角田みゆき（入選）	四一	八束澄子 和田英昭

総合審査　岡　隆夫
　　　　　塩田啓二

平成二十年度（第43回）

部門	題名	入賞者名	応募者数	審査員
小説A	該当なし		二三	山本森平 横田賢一
小説B・随筆	「約束」	藤原師仁（佳作）	六四	諸山立 柳生尚志
現代詩	「溯る旅」「朝と万華鏡」「テレビのない夜の、モノクロームなネガ」「スモークリング」「ウォージェネレーション」「ブラックアンドホワイト」	川井豊子（佳作） 風守（別府慶二）（佳作）	三八	沖長ルミ子 蒼わたる
短歌	「幸せの裸の十歳」	田路薫（入選）	一〇九	飽浦幸子 岡智江
俳句	「銀河」	広畑美千代（入選）	一三一	大倉祥男 柴田奈美
川柳	「汽車走る」	江口ちかる（佳延）（入選）	一〇七	石部明 草地豊子
童話（高）	「さよなら〝ろくべさん〟」 「となりのあかり」	しおたとしこ（塩田鋭子）（佳作） なんばゆりこ（中原百合子）（佳作）	三七	八束澄子 和田英昭

総合審査　岡　隆夫
竹本健司

平成二十一年度（第44回）

部門	題名	入賞者名	応募者数	審査員
小説A	「光の中のイーゼル」	古井らじか（入選） （宮井　明子）	三四	諸山　立 横田賢一
小説B	「岬に立てば」	久保田三千代（入選）	四九	藤田澄子 柳生尚志
現代詩	熱帯魚「天地」「泡沫」「廃用」 「塩沼」「井戸」「学校」	高山　広海（佳作） （田中　淳一） タケイリエ（佳作） （池田　理恵）	四五	瀬崎　祐 蒼　わたる
短歌	「理容業」	岸本　一枝（入選）	一二〇	石川不二子 岡　智江
俳句	「牛飼」	曽根　薫風（入選） （薫）	一三七	柴田奈美 永禮宣子
川柳	「人形の目」	練尾　嘉代（入選）	一一三	草地豊子 西川けんじ
童話（高）	「兄ちゃんの運動会」 「いやし屋」	おかざきこまこ（佳作） （岡崎こま子） 柳田三侑希（佳作） （幸）	二八	成本和子 森本弘子

総合審査　岡　隆夫
　　　　　竹本健司

平成二十二年度（第45回）

部門	題名	入賞者名	応募者数	審査員
小説A	「大砲はまだか」	武田　明（佳作）	二二	諸山　立
小説B	「愛の夢　第三番」	観手　歩（入選）（山口　真澄）	二六	山本森平 片山峰子
随筆	「姉」	為房　梅子（入選）	三三	神﨑照子 藤田澄子
現代詩	「詩人」「彫刻家」「叔父」	岡本　耕平（佳作）	四二	柳生尚志 瀬﨑祐
	「しょいこ」「オンターメンター」「町工場の灯」	大池　千里（佳作）		日笠芙美子
短歌	「母の弁当」	萩原　碧水（文彦）（入選）	一三六	能見謙太郎 村上章子
俳句	「残心」	十河　清（入選）	一三二	永禮宣子 平松良子
川柳	「逆ス」	渡辺　春江（入選）	一〇九	河原千壽 西川けんじ
童話（低）	「サバとばあばときたかぜと」	神崎八重子（入選）	三六	成本和子 森本弘子

総合審査　岡　隆夫
竹本健司

平成二十三年度（第46回）

部門	題名	入賞者名	応募者数	審査員
小説A	該当なし		一七	世良利和 山本森平
小説B	該当なし		二七	神崎照子 森本弘子
随筆	「棚田」	神崎八重子（佳作）	三五	奥富紀子 片山ひとみ
現代詩	「蜘蛛」「分娩」「牧場」	倉臼ヒロ（佳作） （山岸広）	四六	髙田千尋 日笠芙美子
短歌	「約束」「潜水」「初夏」 「合歓の花咲く」 「送り火」	大島武士（佳作） 山口紀久子（佳作） 浅野光正（佳作）	一四〇	能見謙太郎 村上章子
俳句	「吾亦紅」	木下みち子（入選）	一四三	平春陽子 平松良子
川柳	「百葉箱」	長谷川柊子（入選） （和美）	九九	石部明 河原千壽
童話（高）	「サクラサク」	なかたにたきえ（佳作） （中谷竜江）	三二	八束澄子 和田英昭

総合審査　瀬崎祐
　　　　　竹本健司

平成二十四年度（第47回）

部門	題名	入賞者名	応募者数	審査員
小説A	該当なし		一八	世良利和
小説B	「メリーゴーランド」	古井らじか（入選）	二六	横田賢一 森本弘子
随筆	「波動」	宮長弘美（佳作）	二八	山本森平 片山ひとみ
現代詩	「贈物」「詩人」「火事」	岡本耕平（佳作）	四四	熊代正英 斎藤恵子
短歌	「プラム」「おしゃべり」「タイヤ飛び」 「明日を信じむ」	武田理恵（佳作） 野城紀久子（入選）	九一	髙田千尋 岡智江
俳句	「晩夏」	綾野静恵（入選）	八二	古玉従子 柴田奈美
川柳	「つぶやき」 「今を生きる」	灰原泰子（佳作） 工藤千代子（佳作）	七二	平春陽子 石部明
童話（低）	「くまくん」	なかがわゆみこ（佳作）	三一	久本にい地 八束澄子
童話（高）	「かげぼっち」	あさぎたつとし（佳作）		和田英昭

総合審査　瀬崎祐
　　　　　竹本健司

平成二十五年度（第48回）

部門	題名	入賞者名	応募者数	審査員
小説A	該当なし		一七	世良利和 横田賢一
小説B	「わだかまる」 「ハナダンゴ」	笹本　敦史（佳作） 神崎八重子（佳作）	二一	森本弘子 山本森平
随筆	「耳を澄ませば―明石海人を偲んで―」	片尾　幸子（佳作）	三〇	奥富紀子 片山ひとみ
現代詩	「早春の山里」「予定調和の夏」「木守柿」 「とうもろこし」「キャベツ」「そら豆」	高山　広海（佳作） 中尾　一郎（佳作）	三四	斎藤恵子 髙田千尋
短歌	「シベリア巡拝」	土師世津子（入選）	八二	岡　智江 古玉従子
俳句	「文化の日」	江尻　容子（入選）	八六	柴田奈美 平　春陽子
川柳	「紆余曲折」	三宅能婦子（入選）	九八	小澤誌津子 久本にい地
童話（低）	「おねがい　ナンジャモンジャさま」	玉上由美子（佳作）	二三	八束澄子
童話（高）	「Ｔｅｎ―特別な誕生日」	なかたにたきえ（佳作）		和田英昭

総合審査　瀬崎　祐

竹本健司

平成二十六年度（第49回）

部門	題名	入賞者名	応募者数
小説A	該当なし		一三
小説B	該当なし		二二
随筆	「雀の顔」	横田　敏子（入選）	三八
現代詩	「どこまででん」「けだものだもの」「げんげのはな」	岡本　耕平（入選）	四五
短歌	「われは見て立つ」	近藤　孝子（入選）	一〇六
俳句	「魔方陣」	工藤　泰子（入選）	九五
川柳	「千の風」	大家　秀子（入選）	七六
童話（高）	「タンポポさんのリモコン」	石原　埴子（佳作）	三三

審査員
古井らじか　横田賢一　世良利和　諸山　立　有木恭子　熊代正英　斎藤恵子　壺阪輝代　関内　惇　村上章子　柴田奈美　花房八重子　小澤誌津子　久本にい地　片山ひとみ　村中李衣

総合審査　瀬崎　祐
山本森平

平成二十七年度（第50回）

部門	題名	入賞者名	応募者数	審査員
小説A	「ヘビニマイル」	長谷川竜人（入選）	二八	古井らじか 三木恒治
小説B	「塩の軌跡」	西田恵理子（佳作）	三四	世良利和 諸山立
随筆	「おもしろかったぞよう」	村田暁美（佳作）	三五	有木恭子 奥富紀子
現代詩	「山桜」「公園のベンチにて」「CT画像の中に」	山本照子（入選）	三九	壺阪輝代 森崎昭生
短歌	「彼の蝶」	三沢正恵（入選）	一一四	関内惇 村上章子
俳句	「不戦城」	塚本早苗（入選）	一〇九	曽根薫風 花房八重子
川柳	「風のアドバイス」	福力明良（入選）	一〇六	恒弘衛山 西村みなみ
童話・児童文学	「くつした墓場のおはなし」	片山ふく子（佳作）	二六	片山ひとみ 村中李衣

総合審査　瀬崎祐
山本森平

平成二十八年度（第51回）

部門	題名	入賞者名	応募者数	審査員
小説A	「阿曽女（あぞめ）の春」	西田恵理子（佳作）	一六	古井らじか 三木恒治
小説B	「羽化」 「綿摘」	高取実環（佳作） 島原尚美（入選）	一四	江見肇 世良利和
随筆	「二十歳への祝電」	山本照子（入選）	二一	有木恭子 小野雲母子
現代詩	「影」「池」「彼岸花」 「忘れ貝の住む渚」「桜の季節」「なが－いおはなし」	武田章利（佳作） 三村和明（佳作）	三四	壺阪輝代 森崎昭生
短歌	「圏外」 「陋巷にあり」	三浦尚子（佳作） 土師康生（佳作）	九九	野上洋子 平井啓子
俳句	「オリーブの丘」	坂本美代子（入選）	一一六	曽根薫風 花房八重子
川柳	「ピエロの帽子」	安原博（入選）	九三	北川拓治 西村みなみ
童話・児童文学	「僕（ぼく）ん家（ち）の猫（ねこ）」	岡本敦子（佳作）	二一	片山ひとみ 村中李衣

総合審査　瀬崎祐　山本森平

平成二十九年度（第52回）

部門	題名	入賞者名	応募者数
小説A	「人魚姫の海」	安住　れな（佳作）	二六
小説B	「見えないもの」	早坂　杏（佳作）	二三
随筆	該当なし		二六
現代詩	「介護老人保健施設にて」「巡回」「とむらひ」	田中　淳一（入選）	三七
短歌	「港町・夏」	林　良三（入選）	一〇五
俳句	「汗滂沱」	馬屋原純子（入選）	一一六
川柳	「平和」	原　洋一（入選）	八九
童話・児童文学	「アキラの日」 「赤いピアノとおばあちゃん」	まひろ亜希（佳作） 岩井　悦子（佳作）	二〇

審査員

三木恒治　横田賢一　江見　肇　古井らじか　有木恭子　小野雲母子　河邉由紀恵　森崎昭生　野上洋子　平井啓子　曽根薫風　永禮宣子　北川拓治　前田一石　村中李衣　森本弘子

総合審査　瀬崎　祐
　　　　　山本森平

平成三十年度（第53回）

部門	題名	入賞者名	応募者数
小説A	該当なし		二〇
小説B	該当なし		二九
随筆	「五百円札の記憶」	鷲見　京子（佳作）	二八
	「あはれ花びらながれ～達治をたずねて」	三村　和明（佳作）	
現代詩	「蟻」「棘」「泡」	田中　享子（入選）	三五
短歌	「丸い夜」	雨坂　　円（佳作）	八七
	「鬼押し出し」	宮本加代子（佳作）	
俳句	「大出水」	妹尾　光洋（入選）	一〇三
川柳	「島時間」	しばたかずみ（入選）	八六
童話・児童文学	該当なし		一六
審査員	早坂　杏　横田賢一　有木恭子　古井らじか　小野雲母子　柳生尚志　河邉由紀恵　日笠芙美子　井関古都路　村上章子　柴田奈美　永禮宣子　北川拓治　前田一石　神﨑八重子　森本弘子		

総合審査　瀬崎　祐
　　　　　山本森平

令和元年度（第54回）

部門	題名	入賞者名	応募者数	審査員
小説A	該当なし		一九	有木恭子　奥富紀子
小説B	該当なし		二五	早坂杏　藤城孝輔
随筆	「父の戦友」	松村和久（入選）	二五	柳生尚志　久保田三千代
現代詩	「古書店」「古寺院」「古民家」 「手」「別れ」「別離」	松村和久（佳作） 岡崎浩志（佳作）	四二	河邉由紀恵　日笠芙美子
短歌	「秋の雄蜂」 「それぞれの夏」	岡田耕平（佳作） 大武千鶴子（佳作）	八五	井関古都路　村上章子
俳句	「球児の夏」	山本一穂（入選） （繁）	九六	柴田奈美　永禮宣子
川柳	「絶滅危惧種」	十河清（入選）	九一	前田一石　野島全
童話・児童文学	該当なし		二一	神崎八重子　森本弘子

総合審査　瀬崎祐
　　　　　横田賢一

令和二年度（第55回）

部門	題名	入賞者名	応募者数	審査員
小説A	該当なし		一六	奥富紀子 小川由美
小説B	該当なし		二二	早坂杏
随筆	「ぶどうの村」	早川浩美（入選）	三九	藤城孝輔 柳生尚志
現代詩	「三日月」「燈台」「緑閃光」	池田直海（直美）（佳作）	三七	久保田三千代 日笠芙美子 重光はるみ
短歌	「汗だく」「呼吸困難」「ヒグラシ」 「落書きを消す」	武田章利（佳作） 有友紗哉香（入選）	一〇五	野上洋子 平井啓子
俳句	「メビウスの輪」	花房典子（佳作）	九九	柴田奈美 古川麦子
川柳	「遠花火」 「人生譜」 「結ぶ」	三村榮一（佳作） 東槇ますみ（益美）（佳作） 髙杉究作（正）（佳作）	九三	遠藤哲平 柴田夕起子
童話・児童文学	「うちのママはロボットかも」	寺田喜平（佳作）	二一	神﨑八重子 片山ひとみ

総合審査　瀬崎祐
　　　　　横田賢一

第18回　おかやま県民文化祭
第55回　岡山県文学選奨募集要項

1　趣　　旨　　県民の文芸創作活動を奨励し、もって豊かな県民文化の振興を図る。
2　主　　催　　岡山県、（公社）岡山県文化連盟、おかやま県民文化祭実行委員会
3　募集部門・賞・賞金等

募集部門（応募点数）	賞及び賞金
①　小説A（一人1編） 原稿用紙80枚以内	入選　1名：15万円 （入選者がいない場合、佳作2名以内：各7万5千円）
②　小説B（一人1編） 原稿用紙30枚以内	入選各1名：10万円 （入選者がいない部門については、佳作2名以内：各5万円） ※準佳作：④現代詩は3名以内、⑤短歌、⑥俳句、⑦川柳は各10名以内
③　随　筆（一人1編） 原稿用紙10枚以上20枚以内	
④　現代詩（一人　3編1組）	
⑤　短　歌（一人　10首1組）	
⑥　俳　句（一人　10句1組）	
⑦　川　柳（一人　10句1組）	
⑧　童話・児童文学（一人1編） 童　話（幼児～小学3年生向け）…原稿用紙10枚以内 児童文学（小学4年生以上向け）…原稿用紙30枚以内	

4　募集締切　　**令和2年8月31日（月）** **当日消印有効**
　※応募作品を直接持参する場合は、火曜日～土曜日の午前9時～午後5時の間、天神山文化プラザ3階の事務局で受け付ける。

5　結果発表　　**令和2年11月中旬（新聞紙上などで発表予定）**
　※岡山県及び岡山県文化連盟のホームページに掲載する。
　※審査の過程・結果についての問い合わせには応じない。
　※入選・佳作作品及び準佳作作品については、作品集「岡山の文学」に収録する。（令和3年3月下旬発刊予定）

6　応募資格・応募規定等

応募資格	(1)**岡山県内在住・在学・在勤者（年齢不問）** (2)**過去の入選者は、その入選部門には応募できない。** 平成2年度までの小説部門入選者は、小説A、小説B、随筆いずれにも応募できない。また、これまでの小説B部門及び小説B・随筆部門の入選者は小説B、随筆に応募できない。
応募規定	(1)**日本語で書かれた未発表の創作作品であること。** 同人誌への発表作品も不可とする。ただし、小説A、小説B、随筆部門については、令和元年9月1日から令和2年8月31日までの同人誌への発表作品は可とする。 (2)**他の文学賞等へ同一作品を同時に応募することはできない。**
応募上の注意事項等	(1)A4サイズの400字詰縦書原稿用紙を使用すること（特定の結社等の原稿用紙は不可）。パソコン・ワープロ原稿も可（応募用紙の（注）を参照）。 (2)手書きの場合は、黒のボールペン又は万年筆で読みやすく、丁寧に書くこと（応募用紙の（注）を参照）。 (3)原稿の余白に部門及び題名のみを記入し、氏名（筆名）は記入しない。 (4)小説A・B、随筆及び童話・児童文学部門は、通し番号（ページ数）を入れる。 (5)所定の事項を明記した応募用紙を同封すること（のり付けしない）。 (6)応募作品は最終作品としてとらえ、提出後の差し換えは認めない。また、誤字・脱字、漢字、文法、史実上の間違いも審査の対象とする。 (7)参考文献からの引用がある場合は出典を明記すること。無断引用（盗用）、盗作等による著作権侵害の争いが生じても、主催者は責任を負わない。 (8)応募作品は、岡山県の出版物等に無償で利用できるものとする。 (9)応募作品は一切返却しない。

7　審査員（敬称略）

小説A	奥富　紀子・小川　由美	俳　句	柴田　奈美・古川　麦子
小説B	早坂　杏・藤城　孝輔	川　柳	遠藤　哲平・柴田夕起子
随　筆	柳生　尚志・久保田三千代	童話・児童文学	神﨑八重子・片山ひとみ
現代詩	日笠芙美子・重光はるみ	総　合	瀬崎　祐・横田　賢一
短　歌	野上　洋子・平井　啓子		

8　応募作品送付先（事務局）　〒700-0814　岡山市北区天神町8-54
（公社）岡山県文化連盟内 岡山県文学選奨係　TEL（086）234-2626

［応　募　用　紙］
すべての欄に記入すること。

<table>
<tr><td>応募部門
応募部門を○で囲む</td><td colspan="3">①小説Ａ（一人１編）　②小説Ｂ（一人１編）　③随　筆（一人１編）
④現代詩（一人３編１組）　⑤短　歌（新仮名遣い・旧仮名遣い）（一人10首１組）
⑥俳　句（一人10句１組）　⑦川　柳（一人10句１組）　⑧童話·児童文学（一人１編）</td></tr>
<tr><td>作　品　名</td><td colspan="3">（　枚）
●小説Ａ、小説Ｂ、随筆及び童話・児童文学部門は、(　　)内に枚数を記入
●現代詩は、順番をつけて３編の題名を順番に３編とも記入
●短歌、俳句、川柳は、10首（句）まとめての題名を１つ記入</td></tr>
<tr><td>ふりがな
作　者　名</td><td colspan="3">※筆名（ペンネーム）を使用している場合は、筆名を記入</td></tr>
<tr><td>ふりがな
本　　名</td><td colspan="3">※筆名（ペンネーム）を使用していない場合は、無記入でよい</td></tr>
<tr><td>住　　所</td><td colspan="3">〒
TEL</td></tr>
<tr><td>学　校　名
会　社　名</td><td>※県外在住者のみ記入</td><td>所　在　地</td><td>※県外在住者のみ記入</td></tr>
<tr><td>生　年　月　日</td><td colspan="3">令和2年8月31日現在
大正·昭和·平成　　年　　月　　日（　　歳）</td></tr>
</table>

（注）１原稿の余白に部門名及び題名のみを記入。氏名（筆名）は記入しないこと。
２原稿用紙は、A4サイズを使用し、綴じないこと。
３パソコン、ワープロ原稿は、A4横置き縦書きで、縦20文字×横20行とし、文字サイズは10.5～12ポイント程度とする。
４手書きの場合は、黒のボールペン又は黒の万年筆を使用し、必ず楷書で記入すること。鉛筆、ブルーブラック又は青のボールペン、万年筆は使用しない。
５短歌部門は、原稿用紙１枚に10首を収め、枠外の右下に新仮名遣い・旧仮名遣いの別を明記すること。
・上記１～５を満たしていない作品については、原則として受け付けない。

応募作品送付先（事務局）　〒700-0814　岡山市北区天神町8-54（公社）岡山県文化連盟内
岡山県文学選奨係　TEL（086）234-2626

＜個人情報の取扱いについて＞ 応募者の個人情報は、入選の通知など本事業のみに使用する。

岡 山 の 文 学

— 令和２年度岡山県文学選奨作品集 —

令和３年３月31日　発行

企画・発行　岡　山　県
おかやま県民文化祭実行委員会
事務局・公益社団法人　岡山県文化連盟
岡山市北区天神町8-54　岡山県天神山文化プラザ内(〒700-0814)
電話 086-234-2626
https://www.o-bunren.jp　Email bunkaren@o-bunren.jp

発　　売　吉備人出版
岡山市北区丸の内２丁目11-22(〒700-0823)
電話 086-235-3456
http://www.kibito.co.jp　Email books@kibito.co.jp

印　　刷　富士印刷株式会社
岡山市中区桑野516-3(〒702-8002)

ISBN978-4-86069-647-7 C0095
定価はカバーに表示してあります。乱丁・落丁はお取り替えいたします。